KB069774

PARIS ET LA PENSÉE

파리와 생각

이광호

파리와 생각

글 · 사진 · 그림	이광호
편집 · 디자인	이광호
도움	신미림

A piece of writing and photographs copyright © 2024 by leegwangho
Edited and designed by leegwangho, Ilsan, Korea
Published by Byeolbitdeul ｜ www.byeolbitdeul.com

ISBN   979-11-89885-24-3

펴낸곳	별빛들
출판등록	2016년 8월 10일 제 2016-000022호
전자우편	lgh120@naver.com

초판 발행	2024년 7월 6일 (小暑)

* 잘못 인쇄된 책은 구입처에서 바꾸어 드립니다.
* 책값은 뒤표지에 있습니다.

Paris et la pensée

작가소개

이광호

도시 산책자이자 내면 여행자

다섯 권의 시집과 여섯 권의 에세이,
한 권의 우화집을 썼다.

Préface

『파리와 생각』은 파리에서 만난 '여행자로서의 나'와 '여행지로서의 파리' 사이에 쓰인 한 편의 시(poem)이자, 파리로부터 모여든 사적인 상념을 정리한 에세이(essay)다.

파리와 나 사이의 대화 같은 사진과 파편으로 이루어진 기억들 사이를 헤매며 파리의 거리를 걷는다.

고풍스러운 상앗빛 거리, 몽환적인 정원, 도시를 장악한 사람들, 풀 향을 밴 석양빛, 결정적 순간 …….

그곳에서 새로운 '나'를 마주한다. 오랫동안 담겨있던 상자로의 해방이자 내 남은 삶의 시작 같은 문이었다.

일산에서 이광호.

TABLE DES MATIÈRES

I

저지르기

파리에 가고 싶었다.

오랫동안 프렌치라든지 파리지앵이라든지의 환상을 주입받으면서 자란 탓도 있겠지만, 이상하게 살아갈수록 내가 멋있다고 생각한 사람들이나 물건들 모두 파리로부터 흘러나와서.

시간이 지나 아는 것이 늘어갈수록, 파리라는 희미한 무늬들은 내 안에서 계속 번져 나갔다. 마치 그곳에 몸을 두게 해 달라는 몸의 시위처럼. 파리를 다녀온 사람들은 항상 내게 '광호 씨는 파리랑 정말 잘 어울려요.'라며 오랫동안 파리의 이야기를 해줬는데, 정말 그들의 말처럼 낭만이 무성한 파리의 소문이 사실이라면 그곳에서 나의 영혼은 껍질을 깨고 순수한 빛을 얻을 것 같다는 착각도 들었다.

무엇보다 갈수록 굳어져가는 생활 속에서 '나'라는 인간이 더 딱딱하게 굳어지기 전에 **내 삶의 모양을 송두리째 흔들어 볼만한 여행**을 하고 싶었다. 한 번도 여행으로 엄두 내 본 적 없던 시간과 한 번도 여행으로 생각해 본 적 없던 비용으로, 한 번도 가본 적 없는 땅의 여행을.

하지만 본격적으로 '파리 여행'이라는 상상에 몸을 기울일 때면, 겁이 나기도 했다. 집과 출판사를 돌보는 삼십 대 중반의 남자가 파리 여행에 있어, 포기해야 할 것들을 셈해보니 도저히 만만치 않아서. 오랜 시간 주저 했다. 떠나지 못할 이유들을 응시하면서.

오랫동안 '떠나지 못할 이유'들은 분명했고 단호했다. 하지만, 기묘하게 살피면 살필수록 암호화된 메시지가 숨겨진 또 다른 의미를 드러내듯 어떤 실마리를 내 보이기도 했다.

" … 과거보다 현재의 내가 책임지고 포기해야 할 것들이 많아졌듯, 현재의 나보다 미래의 내가 책임지고 포기해야 할 것들이 더 많아질 거라고."

떠나지 못할 이유가 건네준 실마리는 간단했다. 살아갈수록 하고 싶은 일에 대해 고려해야 할 것들은 계속 늘어만 갈 것이고 그것들에 주저하게 되면, 끝내 하지 못 할 거라는 것. 생이 계획대로 되진 않겠지만, 나의 파리 여행도 지금 주저하면 '삶이 다 굳어진 이후'의 소위 말하는 노후 여행이 될 것만 같았다.

마치 나의 바람 '삶을 송두리째 흔들 여행'은 오직 지금만이 유효하고, 지금이 최고의 적기라는 듯이.

때마침 컵에 가득 차서 찰랑이는 신용카드*의 항공 마일리지는 좋은 명분처럼 보였고, 명분은 강한 유혹이 됐다. 나는 물을 엎지르듯 미림에게 **파리**를 가자고 했다. 당장은 아니고, 여섯 달 뒤인 9월에. 마치 완벽한 계획이라도 있는 듯이.

한 달 가까운 파리 여행이 결정지어진 이후에도 순간순간 너무 철이 없거나, 대책 없는 것 아니냐고 또 다른 내가 물었지만, 다 소진되고 없는 줄 알았던 불꽃이 내 몸 밑바닥 구석 끝에서 타올라, 시원하게 저질러 보자며 나를 부추겼다.

그래. 가보자. 먼 등대의 불빛처럼 나를 기다리고 있는 **파리**를 향해. 파리를 기다리고 있는 나를 위해.

---

*
『삼성카드』사의 '아메리칸 익스프레스 카드'는 포인트가 『대한항공』 마일리지로 적립된다. 결혼 당시 아내 미림과 각각 한 장씩 만들어 먼 미래의 기약 없는 여행을 도모했었다.

*

　가늠되지 않는 큰 지출 앞에서 돈 생각 밖에 들지
않는다. 이래서 돈이 많아야 되는구나 싶다. 다른 생
각도 좀 많이 하게.

　돈과 여행. 저울에 올릴 수 없겠지만, 여행을 삶
의 사치라고 말하던 사람이 떠오른다. '그래... 이 돈
이면... 많은 걸 할 수 있지...'라는 쇠해지는 생각을
하다가 '여행을 가지 않는 게, 삶을 사치롭게 쓰는 것
아닌가.'라는 생각이 맞은편에서 반박하며 등장한다.

　"그래, 우리 삶이 돈이든 시간이든 무언가를 소비
하는 체계라면, 나는 돈 보단 시간을 더 잘 쓰고 싶
다고." 돈을 낭비하더라도 시간만큼은 낭비하고 싶
지 않았다. '나'라는 존재의 인생은 돈이 아닌 시간
으로 이루어져 있으니까. 엄격하게 스스로에게 따져
묻는다. 돈과 시간 둘 중 무엇이 더 귀하냐고.

변명인지 설득인지 모르겠는 긴 설명을 하고 고개를 드니 희미하게 8년 전, 발표한 수필이 떠올랐다.

'고작 나의 청춘이 언젠가는 부서질 TV 하나라니…' 나는 그동안, 저축할 수 없는 것들을 포기하고 저축한 육십만 원을 찾기 위해 은행으로 향했고 은행으로 향하는 길에 좋아하는 친구*에게 데이트 신청을 하며 메모를 했다. 저축할 수 없는 것들을 저축하자.

별빛들. 2016. 이광호, 《이 시간을 기억해》 '육십' 중에서.

*
지금의 배우자 미림.

Ⅱ

흥(excitement)

아무렴 파리 여행을 가는데 멋진 여행 가방 하나 있어야 하지 않을까 하는 마음으로 근사한 여행 가방을 샀고, 14시간 폐쇄된 비행기 안에서 무사하길 바라는 마음으로 유사시에 필요한 약을 처방받았다. 30일 사용 가능한 E-sim*도 준비했고, 파리에서 한국처럼 사용 가능한 여행용 체크카드(트래블로그)**도 준비했고, 「루브르」부터 「오르세」, 「오랑주리」, 「빌라 사보아」, 「로댕 미술관」들 중 어디어디 갈지 체크하며 뮤지엄패스*** 도 준비했고, 호텔이나 잘 꾸며진 에어비앤비 보다 조금 더 프랑스살이 하는 느낌을 갖고 싶어 『프랑스존』****에서 숙소도 구했고, 유럽 여행 커뮤니티 카페『체크인유럽』*****도 가입하면서 파리 여행 팁과 주의할 점을 꼼꼼히 공부했다.

*
실물 유심 교체 없이 현지 데이터 요금제를 인터넷으로 추가하고 사용할 수 있는 디지털 회선. (두 번째 사용. 참 편리하다.)
**
현지에서 해외 수수료, 환전 수수료 없이 인출 및 결제를 할 수 있는 카드.(더 이상 현금을 환전할 필요도, 소매치기 걱정을 할 필요도 없다.)
***
파리 내외 관광지 및 박물관을 주어진 기간 동안 주어진 횟수로 입장할 수 있는 티켓.(티켓 창구 앞에서 기다릴 필요 없이 빠른 입장도 가능하다.)
****
프랑스에 사는 교민들의 커뮤니티.(운이 좋으면 교민 집에서 저렴한 가격으로 잠자리를 해결할 수 있다.)
*****
유럽 여행 커뮤니티 카페.(게시글을 보기 위해선 적정 등급을 요한다.)

파리 여행을 열흘 앞둔 요즘의 일상은 온통 나를 기다리고 있는 파리로 뒤덮여 있다. 매일같이 에펠 탑, 개선문, 노트르담 대성당, 시테 섬, 콩코르드 광장, 샹젤리제 거리 같은 장소들을 속눈썹처럼 달고 살며, 얼마 남지 않은 파리 여행 관련해서 내가 할 수 있는 일이라면 불나방처럼 덤벼서 했다. 아니, 없어도 기어코 할 수 있는 일을 찾아내거나, 만들어서 했다.

알지 못하는 세계에 대한 걱정 때문이라거나 완벽한 여행을 해내고 말겠다는 철저함이라기보단, 그저 열흘 뒤에 서 있는 파리를 지금, 당장 내 앞으로 조금이라도 앞당겨 오는 일이었다. 어떤 기다림은 기다림의 대상을 당겨 오지 않고서는 진정되지 않는데, 지금의 기다림이 딱 그랬다.

거울 앞에 서서 샹송 이브 몽땅의 〈고엽〉을 느끼한 목소리로 흥얼거리며 어느 날 어떤 옷을 입을지 거울에게 묻는다. 누가 봐도 들뜬 모습이 이제 곧 학교에 들어가는 조카와 너무 닮아서 유치한 몸통을 붙잡고 싶지만, 몸 안에 갇힌 흥이 자꾸만 입술 사이로 흘러나왔다. "라라라 - 라라라 - 라라라라라-"

*

　기다림은, 정적(靜的)이고, 피동적인 일이라는
이미지에 휩싸여 있지만, '기다림'이라는 건, 만남
이전에 나를 시간 건너편으로 보내 두는 능동의 일
이자, 시간 건너편에 있는 내게로 가는 가장 절실한
길이다.

　모든 기다림은 대상이 누구든, 무엇이든 이미 시
작되었음의 방증이다.

Ⅲ

시간을 넘어

구름에 짓눌리듯 든 잠에서 깨니 밥때다. 기내는 승무원과 승객들 사이에 어떤 기내식으로 할지 묻고 답하느라 식당이 됐다. '드디어 소문의 『대한항공』 비빔밥을 먹어보겠구나.' 몸을 들썩이면서 차례를 기다렸다. 지금의 모습이 촌티 날까 싶긴 한데, 이 순간만큼은 촌놈이라 놀려도 상관없었다. 장거리 비행을 가는 사람만이 먹을 수 있는 기내식은 좀처럼 기회가 없던 내가 오랫동안 궁금해했고, 탐냈던 음식(경험)이었으니까. 더군다나 어떻게 하면 저가 항공사(LCC)의 항공권을 더 싸게 예매할 수 있을까만 궁리하며 여행했던 나였기에 대형 항공사(FSC) 『대한항공』의 비빔밥은 내게 어떤 상징적인 특별함이 있었다.

손바닥 두 개만한 간이테이블에 기내식이 차려졌다. 제법 구색을 갖춘 선물 같은 밥상의 모습이 그럴듯하다. 사진을 찍고, 소스를 넣고, 밥을 비비고, 몇 숟가락을 먹었다.

'별거 없구나.'

몇 숟가락을 연신 입으로 넣으면서 특별할 것 없는 맛에 이거 안 먹어보고 죽었으면 내 삶이 좀 아까웠겠다는 생각을 한다. 대단해서가 아니라 대단하지 않아서. 별거 아닌 이것 때문에 (지금 먹어보지 않았다면) 사는 내내 애달팠을지도 모를 테니까. 먹어봐서. 그냥 비빔밥이어서 정말 다행이라 생각했다.

기내식을 정리하고 모니터에 표시된 비행기의 위치를 확인한다. 한참 남았다. 얼마나 지났을까, 왠지 비행기에 타고 있는 게 아니라, 비행기에 실려 있는 느낌이다. 사람들은 꼭 의자에 묶여 있는 가방들처럼 보인다. 저마다의 사연을 담고 있는 가방들. 그 풍경이 묘하게 뭉클해서, 사진을 찍으려 휴대폰을 켰는데, 시간이 바뀌어져 있다.

시차구나. 분명히 좀 전 시계를 봤을 때, 다섯 시였는데 시간이 꽤 흐른 지금 오히려 세시 반이 된 거다. 알고 있는 상황이지만, 그래도 너무 놀랍고 신기하다. 시간을 거슬러 가다니. 기억 속의 내가 미래에 있었던 것 같기도 하고, 지금의 내가 얼마 전 시간의 평행세계 속에 있는 듯한 느낌도 든다. 시간이 뒤엉키면서 내가 완전히 다른 차원으로 빨려 들어가고 있다는 걸 느낀다. 포실거리는 구름을 하염없이 지난다. 구름을 지날수록 평소에 그토록 바라던 하루의 시간이 늘어간다. 26시간, 28시간, 하루가 늘어날수록 하루의 경계도 시간도 그토록 바라던 바람도 모두 의미가 없어진다.

한 번도 경험하지 못했던 낯선 감각이 내게 이번 여행에 대한 어떤 언질을 주는 듯하다. 내가 알고 있던 세계가 뒤집히고 중력이 사라진다. 몸이 들뜬다. 비행기에선 산뜻한 냄새가 난다.

*

　우리는 매일 '몸' 앞에 놓여진 '시간'을 관통하며 몸 뒤로 '기억'을 만든다. 이것은 우리의 의지와 무관한 생(life)의 구조이자 규칙이다.

　이 어찌할 수 없는 단순한 구조와 규칙이 우리에게 요구하는 것은 간단하다. 어떤 시간을 어떻게 관통할 것인지.

　우리는 이 허무할 정도로 간단한 삶의 요구를 사실 너무 잘 알고 있다. 그럼에도 생(life)이 너무 복잡하게만 느껴지는 건, 우리가 만들어 낸 너무 많은 준비 운동과 요식행위, 무엇보다 다른 사람의 생(life)과의 비교 때문일지도 모른다.

　최선을 다해 단순해지기로 한다.

　몇 번째 파리행 인지도 모르는 저 중년 남자의 기내 지루함은 환희로 가득 찰 나의 기억과는 아무런 상관이 없을 테니까.

　지금 내 앞에 놓인 새로운 시간을 쾌활하게 그리
고 성실하게 관통하자. 그것만 생각하자. 분명 내 몸
뒤로 새로운 기억의 조각들이 반짝일 것이다.

IV

진짜 파리

파리를 다녀온 친구들의 사진, 파리의 낭만을 극적으로 담아낸 사진가들의 엽서, 영화 〈미드나잇 인 파리〉나 〈비포 선셋〉에서 본 익숙하면서도 낯선 풍경. 이국의 향이 반겨주는 진짜 **파리**에 왔다.

고풍스러운 상앗빛 오스만 양식의 건물들. 직선의 거리에서 느껴지는 힘과 멋. 그 길 따라 빗살처럼 늘어선 석조 외벽과 연철 발코니, 맨사드 지붕 장식들의 조화. 무엇보다, 모든 건물 1층에서 '우리 모두 인생을 즐깁시다.'라고 담합한 듯 여유롭게 테라스에 앉아 와인잔을 짤랑이는 파리 사람들의 정오 운치가 나를 사정없이 홀린다.

차분하면서도 활기가 느껴지는 도시. 길의 사람들은 경주하는 도시인들 같지 않고 대부분 읽거나 말하거나 뭔가를 즐기고 있는 듯한데, 차림새도 참 멋있다. '그래, 거대한 조각 같은 도시에 살면 누구라도 대충 입을 수 없지.' 괴상하다 생각했던 불어의 발음도 너무 멋들어지게 느껴진다. 음운들 간의 흐름이 유려하다고나 할까, 가만히 불어를 듣다 보면, 언어에도 장식이 달려있는 듯 우아해 보인다. 파리. 정말 예술 그 자체 같은 도시. '파리이기 때문에 이 모든 것이 아름답게 느껴지는 것일까, 이 아름다운 것들의 합이 파리를 아름답게 만든 것일까' 같은 생각을 하며 목적 없이 한참을 걷는다. 그저 걷는 것만으로도 대단히 특별한 뭔가를 하고 있는 것 같아서.

걷다가 걷다가 도시 전체가 예술 테마파크 같다는 착란에 잘 재현해 낸 장식이구나 만져보는데, 웬걸. 모든 것이 고목의 뿌리처럼 단단하다. 그럴듯하게 재현해 낸 것이 아니라 재현의 대상인 원형인 거다. 오리지널(original). 그 오리지널들 속에 있다 보니, 백 년 단위의 나이를 가진 건물들 사이의 구정물이나 퀴퀴한 냄새들조차 아주 오래전 파리의 〈베르사유의 장미〉나 〈레미제라블〉 같은 것들을 연상시켜주기도 하고, 울퉁불퉁 돌길은 이 길을 사색하며 산책했을 수많은 예술가를 떠올리게 해 준다. '이 길은 뭘까, 저 길에선 무슨 일이 있었을까.' 지천에 농도 짙은 이야기가 배어 있다고 생각하니, 몸 안의 순정이 휘돌아 몇 번씩이고 멀미 같은 쾌감이 난다.

직선의 거리를 벗어나면, 파리를 어떠한 도시라고 상정하는 것이 조금 촌스러운 일이라는 걸 느낀다. 선한 품위를 지켜낸 공원, 햇빛에 누워 책을 읽는 사람들, 일상과 소풍의 경계를 무시하듯 벤치와 난간에 걸터앉아 도시락을 먹는 사람들, 점심시간에 잠깐 나온 회사원인지, 관광객인지 구별할 수 없는 활기의 뒤섞임. 자유로운 키스, 예술가로 인정받지 못한 거리의 고흐들, 낡은 아코디언의 독백, 저 멀리 보이는 농담 같은 에펠 탑.

온갖 유난을 떠는 나와 함께 미림이 짧은 탄성을 내지른다.

"아. 파리다."

그래. 지금 내가 서 있는 지금 이곳은, 진짜 파리다.

*

　'너무 헤프게 감탄하고 파리의 보통 풍경에도 심한 유난을 떨었나' 눈치를 보다가, 내가 존재하지도 않는 타인을 많이 의식하고 있구나를 느낀다. 설령 존재한다고 해도 그들의 시선에 의해 나의 감탄이 가짜 감탄이 되는 것도 아니고 참을 수 있는 감탄이 되는 것도 아닌데.

　참 타인을 많이 신경 쓰며 살았구나 싶다. 누군가에게 불편을 줄까 봐, 누군가에게 미움받을까 봐, 괜한 오해를 받을까 봐.

　누구인지도 모를 그들로부터 한참 떨어진 이곳에서 아주 강렬한 해방감을 느낀다. 누구에게도 나를 보여 줄 필요 없고, 나의 자초지종을 설명할 필요도 없음에. 유명인도 아닌 주제에 참 어이없다 생각하면서 한국에선 엄두도 못 낼 주황색 베레모를 쓰고 느껴지는 대로 감탄하고, 하고 싶은 대로 헤프게 유난을 떤다.

감탄에 신중하거나 감정에 인색하기엔 파리에서
의 시간이 너무 아깝다. 파리에 나를 던지자. 그동안
어울려 살아가는 사회에서 나에게 홀대당한 나의 즐
거움을 위해.

V

실전, 카페 드 플로르

실전이다. 집에서 혼자 발음하던 봉쥬흐라든지, 카페 입구에서 자리 안내받고, 눈짓으로 웨이터 부르기라든지 같은 글로만 배운 것들을 실제로 해 보는 순간. 『카페 드 플로르』에서.

피카소, 까뮈, 사르트르, 헤밍웨이, 롤랑 바르트… 내가 좋아하는 작가들이 수십 만 시간 전에 신발로 이 길을 밟고, 의자에 앉아 다리를 꼬았고, 탁자를 만지면서, 머리칼을 쓸어 넘기며, 턱을 괴던 곳. 물론, 그때의 풍경도 그들의 흔적도 남아있지 않지만, 왠지 동경하는 사람들이 즐겼던 장소를 나도 즐기는 일은 그들과 너무 멀지 않은 시대의 같은 세계에 살고 있음을 실감하는 즐거움이 있다.

"봉쥬흐."

자연스럽게 인사를 주고받는 데 성공하고 부드럽게 인원수를 말 한 뒤 자리 안내를 받으려고 하는데, 미림이 없다.

"오빠 여기 테라스에 앉자!"

어디선가 나를 부르는 미림의 소리가 마치 오래된 유물을 깨트리는 소리처럼 들렸다. 그러니까, 파리의 카페나 레스토랑에서 지켜야 할 첫 번째는 자리가 비었다고 절대 성급히 앉지 말고 입구에서 웨이터의 자리 안내를 받아야 한다고 배워서. 나는 순간 진흙발로 웨이터의 새로 산 신발을 밟은 듯 죄송하다고 사과를 한 뒤 미림에게 그러면 안 된다고 말하려는데 미림이 웨이터에게 여기 테라스에 앉아도 되냐 묻는다. 그러자 웨이터는 오래된 친구처럼 웃으며 자리를 열어주는데 그 일련의 과정이 너무 자연스럽고 빨라서 내가 끼어들 틈이 없었다.

자리에 앉아 앞으로 바짝 몸을 숙여 미림에게 그간 내가 공부한 파리의 카페 이용법에 대해서 말하니, 미림은 내가 너무 유난이라며 긴장을 풀라고 말한다. 생각해 보니 미림은 앉고 싶은 자리를 표현한 거고 웨이터에게 자리를 안내받은 거니까.

우리는 중철로 제본된 독립출판물처럼 생긴 메뉴판을 한참 읽고 파리에 온 만큼 커피 대신 샴페인을, 그리고 가볍게 먹을 수 있는 어니언수프와 브레드&보일드 에그를 주문했다. 미림이 곧 나올 음식과 함께 영상을 찍겠다고 카메라를 꺼내는데, 그 모습이 너무 익숙해 긴장이 풀리면서 '레스토랑 주문하기' 임무를 마치고 찾아온 쉬는 시간 같았다.

그제야 테이블 위의 스테인리스 재떨이가 보였다. 소문으로 많이 들었지만, 실제로 파리의 사람들은 소문보다 더 정말 너무 아무 곳에서나 담배를 자유롭게 피웠는데, 테이블이 다닥다닥 붙어있고 옆 테이블 사람이 음식을 먹고 있는 지금 이곳도 예외는 아니었다.

옆 테이블의 담배 연기가 내 시야에 안개를 형성하자, 영화 〈미드나잇 인 파리〉의 낮 버전의 촬영이 시작된 듯했다. 나도 하나의 단역으로써 담배를 집어 드는데, 왜 모든 카메라가 내게 집중되는 것 같다. 순간, 나는 위축되고 주위를 살핀다. 저 사람들은 피워도 되지만, 나는 안 될 것 같은 느낌. 아무래도 테이블이 너무 붙어 있는 게, 심한 민폐 같아서. 내가 담배를 만지작 거리는 모습이 심각한 갈등을 하는 것처럼 보였는지, 미림이 내게 담배를 피우고 싶으면 피우라고 말한다. 비흡연자인 미림의 말이 반갑지만, 정말 피워도 되나 싶은데 미림이 말한다.

"오빠, 괜찮아. 여기 파리야."

그 말이 끝나자마자 주문한 메뉴가 나오고, 건너 테이블의 노파가 담배에 불을 붙인다. 그래 여긴 파리지.

주문한 음식과 샴페인을 즐기면서 파리에 있는 우리를 카메라로 사랑하는 시간을 갖기로 한다. 파리의 테라스에 앉아 반짝이는 샴페인 잔을 기울이는 귀여운 나를, 너를, 우리를. 파리에선 아끼지 말자며 몇 음식과 샴페인을 더 시키고 시간도 예외 없다면서 오랫동안 영화(film)롭게 굴었다.

얼마나 지났을까, 계산을 하려고 하는데 우리 담당 웨이터가 없다. 파리는 보통 테이블 구역마다 담당 웨이터가 있고 그 웨이터만이 주문과 계산을 하는데, 그 웨이터가 보이지 않는 거다. 그렇다고 손짓이나 외침으로 웨이터를 부르지 않는 파리에서 아무 웨이터를 손짓이나 외침으로 부를 수도 없는 일이었다. 일단 어떤 웨이터들이든지 눈을 마주쳐 보기로 한다. 괜히 목을 늘려 고개를 빼고 주위를 두리번거리면서. 미림은 한 웨이터만을 뚫어지게 쳐다본다고 한다. 텔레파시 비슷한 걸 보내면서. 그렇게 5분? 정도. 눈빛으로 모든 웨이터의 어깨를 쳤고 드디어 눈이 마주친 웨이터가 잠시 기다려 달라는 눈빛과 손짓을 보낸다.

됐다. 마치 구조요청이 받아들여진 것처럼 우리는 안심했고 웨이터를 기다렸다. 그렇게 5분? 반가운 얼굴의 웨이터가 우리에게 다가왔다. 그래, 맞아. 저 사람이었지. 그는 우리에게 필요한 것이 있냐 물었고 우리는 고마울 것도 없는데 고맙다는 인사와 함께 계산을 요청했다. 그는 알겠다며, 테이블의 식기와 잔을 먼저 치우며 잠시 기다려달라고 했다. 그렇게 5분? 뒤 계산서를 가져와 우리에게 보여 주고 계산할 카드를 가져간 후 다시 잠시 기다려달라고 했다. 그리고… 다시 5분?

서울에선 있을 수 없는 일이라 답답하기도 하고, 무시하는 건 아닌지 하는 피곤한 생각도 스멀스멀 든다. 하지만 전혀 다른 체계, 불편한 문화들이 내가 다른 세계에 있음을 실감 나게 해주는 것들임을 알기에 숨을 길게 늘이고 받아들이기로 한다.

저기 맑은 웃음을 지으며 웨이터가 다가온다. 너무 바쁘다는 제스처와 함께 고맙다는 인사를 건네는 그에게서 불친절하진 않지만, 안 친절하다는 프랑스 서비스에도 친절함을 느낀다.

테이블에서 일어나 『카페 드 플로르』를 나서면서 발음 연습만 반나절 했던 마지막 인사를 건넨다.

"오호부와'

*

관성처럼 추구하게 되는 익숙한 것들은 편하고 싶은 인간의 본능일 것이다. 그래서 우리는 본능적으로 낯선 것들을 경계하고 익숙한 것들을 반복하면서 삶을 굳혀가는 걸지도 모른다.

굳어진 삶이라는 어감이 부정적일 순 있지만, 부정적으로만 생각진 않는다. 굳어졌다는 건 단단하게 안정적인 상태가 됐다는 말이기도 하니까. 그리고 편하다는 건, 가장 나다운 모습인 거고. 가장 나다운 모습으로 안정적인 상태가 되는 일은 좋은 일이라고 생각한다. 그래서 나도 단단하게 굳어진 삶을 추구하기도 하고. 다만, 그 굳어질 때 그릇의 크기를 조금 더 키우고 싶은 마음은 있다.

익숙한 방향보다는 낯선 방향으로 돌아 앉는다. 낯선 것들을 배우고 익숙하게 만들어 나의 그릇에 넣기 위해. 그렇게 그릇의 크기를 키우고 싶다. 아직 나는 모르는 것이 너무 많고 품지 못하는 것들이 너무 많아서. 지금 굳어져 버리면, 품어내지 못하고 등져야 하는 세계가 너무 많다는 걸 안다.

낯선 세계일수록 더 순종해 보기로 한다. 적응할 때까지, 이해할 때까지. 불편하고, 손해를 입고, 예측불가한 상황이 두려울지라도. 이제 누군가를 쳐냄으로써 그만 피곤하고, 그만 상처 입히고, 그만 부끄럽고 싶다.

VI

오랑주리와 수련

파리는 자비 없이 쏟아지는 햇빛에 완전하게 노출됐고 모든 것을 선명하게 내 보이고 있었다. 멀리 공원의 사람들, 돌바닥의 질감, 테라스의 식기, 노인의 솜털. 너무 환하거나 너무 쨍하게.

한여름 빛의 과녁 같은 뛸르히 정원 옆길을 걸어, 무심히 툭하고 서 있었던 「오랑주리 미술관」에 이른다. 넓은 앞마당이나 미술관이라는 단서 같은 조형물 하나 없이.

세계적으로 유명한 미술관의 무심함에 실망을 해야 하나 허위(虛威)를 걷어낸 당당함에 기대를 해야 하나 같은 준비 운동으로 대기 줄 맨 끝에 섰고 얼마 지나지 않아 입장 시작을 알리는 불어 소리에 맞춰 미술관으로 입장을 했다.

'띅!' 출발 신호 같이 티켓을 스캔하는 소리에 맞춰 심장은 단거리 달리기를 시작한다. 모네의 〈수련〉 연작을 향해서. 아무래도 메인 테마이다 보니 전시 가장 한가운데 아니면 끝 쪽에 있겠지 생각하며 가벼운 마음으로 입구 모퉁이를 돌았는데 …

… 거대한 빛이 쏟아진다. 아주 순도 높은 빛이.

흑백의 세계에서 색채의 세계로 넘어가는 듯한 황홀감이 밀려온다. 장엄하게 펼쳐진 모네의 〈수련〉 연작. 순간 압도하는 아름다움에 치여 탄성이 나온다. 공간을 공명하는 환한 빛과 둘러싸듯 아름답게 펼쳐진 어스름한 새벽의 몽환적인 정원.

이곳의 시공간은 완전하게 다른 차원처럼 느껴진다. 모네가 살던 때의, 지베르니 정원이 눈앞에 있는 듯이. 조금 전 통과했던 좁은 통로가 판타지에 나올 법한 차원문이었나 싶다.

관람객들은 더 이상 관람객이 아니었고 모네의 과거로 소풍 나온 나들이객처럼 분주하게 카메라로 수련과 정원을 찍고, 정원에 있는 자신들을 즐겼다. 침묵적인 공간이었다면 다른 감상을 가졌을지도 모르겠지만, 지나치지 않는 카메라 셔터 소리와 사람들의 웅성거림은 정원을 옮겨 놓은 듯한 이 공간을 정말 작은 정원처럼 느끼게 해 줬다. 나는 공간 한가운데 마련된 의자에 앉아 〈수련〉을 응시했다.

어떤 의미도 생각하지 않는다. 그저 눈에 보이는 아름다움에 나를 던진다. 흐리고, 뿌옇고, 희미하고, 번지고, 불투명하고, 흔들리고, 뭉개지고, 불분명한 것에서 오는 미감이 좋다. 시 같다고나 할까.

살아 있지 않은 모네의 시선을 나란히 보고 있다는 사실에 신비로움을 느끼기도 한다. 단순하게 회화 작품 하나를 정교하게 감상하는 일이 아니라 내가 다른 누군가가 되어 보는 일 같아서. 나의 눈이 아닌 다른 사람의 눈으로 본 풍경, 그가 받아들인 인상을 그대로 복사한 세계를 본다. 천천히, 미술관에서 마련해 준 대로, 고개를 돌려가며.

일종의 명상을 끝내고 자리에서 일어나 아무래도 「오랑주리 미술관」의 이 공간(수련의 방) 자체가 참 훌륭하다고 생각한다. 이 정도로 몰입을 할 수 있게 마련된 조명과 공간 구성, 작품의 보호장치 부재는 마치 관람객들이 모네의 정원을 온전하게 체험할 수 있도록 〈수련〉 연작만을 위해 만들어진 것 같은데 그 섬세함과 용기가 너무 대단해서.

알아보니 모네가 자신이 수련을 보며 느꼈던 기

뽐이 잘 전달될 수 있도록 '물의 정원'과 비슷한 환경을 조성해 달라고 「오랑주리 미술관」에 요청한 것이라고 하는데 그럼 「오랑주리 미술관」의 이 공간 자체가 '수련의 방'이라는 하나의 작품이 아닌가 싶기도 하다.

　얼마나 시간이 흘렀을까, 얼마든지 사진을 찍어도 된다는 모네의 〈수련〉을 마치 고고학자처럼 샅샅이 본뜨다 보니, 주변엔 경비원과 미림, 그리고 몇몇의 노부부만이 남아 있다. 웬걸, 시간이 한 시간 반을 훌쩍 넘겼다. 아무리 〈수련〉 연작을 보러 「오랑주리 미술관」에 왔다지만, 이제 미술관 초입인데. 이제 그만 벗어나야겠다 하는데 노부부의 뒷모습이 〈수련〉과 어울리게 참 예쁘다. 시처럼.

*

　시처럼 아름다운 노부부의 뒷모습 사진을 찍다가 문득 여행지에서 허락 없이 외국인 사진을 찍는 사람들에 관한 한국 사람들의 엄격함을 떠올린다.

　'허락 없이 사진을 찍는 건, 심각한 침해이며 범죄라는 엄격함.'

　그저 멋진 순간만 생각하고 허락 없이 사진을 찍은 내가 큰 잘못을 한 것 같아, 노부부에게 찍은 사진을 보여주며 고백하는데 그들이 '예쁘게 봐줘서 고맙다며 웃는다.' 그리고 소위 스냅사진에 대해 개인적인 장소는 주의해야 하지만, 공원이나 거리 같은 공공장소에서는 크게 상관없다는 정보를 주기도 했다. '공공장소는 괜찮다고? 무례하게 카메라를 들이밀 건 아니지만, 그 허락이 '괜찮아, 해도 돼'라는 너그러운 말처럼 느껴졌다. 그 이후, 자신감을 갖고 몇 번 더 찰나를 남기기 위해 먼저 찍고 나서 허락을 구했는데, 다시 포즈를 취하거나 공유해 달라는 반응들이었다. 파리는 이런 곳인 건가? 내가 알고 있던 엄격한 상식과 다른 파리는 신기했다.

그 신기함엔 미술관의 몫이 컸다. 한국에선 민영(民營) 미술관은 물론이고 몇몇 국영(國營) 미술관에서도 사진 촬영을 못 하게 하는데 파리에선 민영이든 국영이든 사진 촬영에 있어서 아무 신경도 쓰지 않았고. 오히려 입장료에 대한 충분한 권리를 누리라는 식이었다. 정말 수백 장을 찍든, 아무리 어떻게 찍든.

단지 '하면 안 돼'라는 말을 하지 않았을 뿐인데 단칸방의 열린 창 같은 자유로움을 느낀다. 뭐랄까 경직된 엄격함에서 벗어나 눈치를 보지 않아도 되는 느낌이랄까.

그 느낌이 너무 좋았다. 이게 바로 파리의 똘레랑스*인가 싶었다. 누군가 파리에서 제일 좋았던 것이

---

*
관용의 의미를 가진 불어 tolérance로 프랑스에선 관용 이상의 의미를 가진 타인의 생각, 행동, 방식 모든 것을 인정하고 존중하는 하나의 사회적 정신. 1995, 창비, 『나는 빠리의 택시운전사』에서 홍세화가 똘레랑스에 대해 역설했다.

뭐였냐고 물어보면, 음식도, 풍경도 아닌 '해도 돼.'
라고 말해 주는 느낌이었다고 말할 정도로.

파리는 항상 모든 면에서 내게 '해도 돼.'라고 말
했다.

특히 민폐적인 흡연에 민감한 한국 사회에서 애
연가로 살아가는 나였기에 거리에서, 카페에서, 공
원에서 자유롭게 흡연을 할 수 있음은 그동안 흡연
자여서 받았던 구박과 억압에서 당연한 권리를 찾아
가는 느낌을 주었다. 그 느낌은 타인에게 폐를 끼치
든 말든 흡연을 당당하게 할 수 있어서가 아니었다.
사회의 악이 아닌 다른 사람들과 같은 사람으로 함
께 도시에 공존할 수 있다는 것. 그저 그것이었다.

한 집에서도 자리를 옮기면 잘 자라는 식물이 있
듯이 마치 파리라는 도시는 내게 잘 맞는 자리 같았
다. 도덕적인 잣대가 엄격한 한국 사회에서 위축 됐
던 몸이 '해도 된다'는 말에 몸이 부드러워져 움직임
이 자연스러워졌고, 자주 의심하고 흔들렸던 '나'를
아주 작고 사소한 똘레랑스들을 통해 인정받아 자신
할 수 있게 됐다. 더 이상 어떤 행동을 함에 있어 허락받지 않아도 죄책감 같은 감정이 들지 않았다. '하지 마라'가 기본인 도시가 아닌, '해도 돼'가 기본인 도시이니까.

훌륭한 예술가들이 파리를 그토록 사랑했던 이유를 짐작한다. '해도 될까'를 눈치 보는 환경에선 딱 '해도 되는'만큼의 것이 만들어질 테니까. 언제나 '해도 되는' 곳. 존중받으면서, 즐겁게 무언가를 만들 수 있는 파리여서.

VII

강과 빛과 와인

「생샤펠」에서의 관광을 마치고 시테 섬 가장 끝으로 걸었다. 적당한 로제 와인을 사서. 유튜브 채널 〈게으른 완벽주의자〉*에서 해가 질 때, 시테 섬 끄트머리에서 센 강을 바라보며 와인을 마시면, 사실상 파리를 다 즐긴 거나 다름없다 하던 그 느낌을 감각하고 싶어서.

이미 센 강의 둔치엔 젊은 사람들이 옹기종기 앉아 와인을 마시거나 책을 읽으며 웃고 떠들고 있다. 옷차림이 가벼운데 참 멋스럽다. 공중에 떠 도는 불어의 곡률이 이곳의 이미지를 완성시키는 듯하다. 압축된 고농도 파리. 나도 빨리 저기 저들과 나란히 앉고 싶다는 생각이 들었다.

시테 섬 끄트머리에 흐드러진 버드나무를 커튼처럼 걷어 올리자 대극장의 무대처럼 파리가 펼쳐졌다. 나는 단 몇 명을 위한 좌석처럼 마련된 시테 섬 꼭짓점에 노을을 깔고 앉았다. 노을빛이 내 몸의 살갗 하나하나에 매달렸다. 나는 파리 한가운데 있었고 발

*
파리 여행을 준비하며 알게 된 유튜브 채널. 과거 파리에서 가이드 일을 한 유튜버가 운영 하고 있다. 유익한 정보를 많이 얻을 수 있고 알아두면 좋을 여행 팁들을 잘 소개하고 있다.

아래엔 센 강이 찰랑거렸다. 이미 황홀했으나 더 황홀해지고 싶어 와인을 따랐다.

도수도 얼마 되지 않은 와인을 한 잔씩 마실 때마다 은은하게 내가 강물 같아지거나 노을 같아졌다. 파리와 나 사이엔 아무런 장애물도 없었고 담배 연기만이 진하게 퍼졌다. 이미 자유로웠으나 더 자유로워지고 싶어 용기를 내, 옆에 앉은 파리지앵처럼 윗옷을 벗었다. 몸에 바람이 닿았다. 정말 단 한 번의 바람이 불어와 모든 허위를 걷어간 듯한 해방이었다.

늦게 온 미림은 완전하게 파리지앵이 된 나를 보며 깔깔 웃는다. 옆 자리의 흙을 손으로 털며 그 웃음을 맞이하는 순간, 지금 이 순간이 이번 여행의 후렴구 같은 순간이 될지도 모르겠다는 예감을 하면서 나도 킥킥 웃었다.

우리는 오랫동안 파리를 바라보며 말랑한 진심 같은 것들을 농담처럼 무심하게 나누고 조금 슬퍼질 날에 대해 장난치며 건배를 했다. 노을과 함께 성숙해지는 소년과 소녀처럼.

어느새 둔치에 사람들이 가득 모였다. 풍경이 어두워지자 우렁찬 스피커의 전자 음악소리가 우리의 시간이 끝났음을 알려 줬다.

*

　어려서부터 감정 표현하기를 좋아했던 내가 '점
잖게 굴어라'라는 말을 너무 많이 들은 탓일까, 항상
감정에 들떠서 조금만 가벼워지려고 하면 속으로 줄
기차게 '점잖게 굴자, 점잖게 굴자.'를 외운다.

　하지만 이젠 윗옷을 벗어버림으로써, 굳이 애써
점잖게 굴지 않기로 한다. 점잖다는 건 '젊지 않다'에
서 온 말이니까. 조금 더 젊기로 한다. 평균 수명이
늘어난 만큼, 딱 그만큼 더 젊음도 연장하기로 한다.

VIII

도시의 주인

실수로 만들어진 것처럼 쓸데없는 횡단보도나 아무도 없는 시골길의 횡단보도 신호도 지키는 정론파 미림이 씩씩하게 무단횡단을 한다. 역시 사람은 환경이 중요한 걸까. 미림은 내게 아직 파리 물이 덜 들었다며 놀리고 나는 미림에게 파리 사람이냐고 놀린다.

그러니까 파리 사람들은 대게 횡단보도의 신호를 지키지 않아서. 신호를 지키는 사람들은 대부분 관광객 같달까. 단편적인 부분을 보고 단정 짓는다기보다는 정말 대부분의 파리 사람들은 신호를 지킬 생각이 전혀 없는 듯 화끈하게 길을 건넌다. 그리고 차는 감히 사람에게 경적을 울리지 못한다. 나의 짐작이 맞다면, 파리 사람들은 준법정신이 없다기보단 자동차를 좀 하대하는 것 같다.

가장 강한 첫인상은 한 파리지엔느가 무단 횡단을 하는데, 차가 경적을 울리자 두 손을 치켜들며 '너 지금 미쳤냐, 어디 자동차 주제에 사람에게 경적을 울리냐.'라는 투로 다가가 따지는 일을 목격한 것이었다. 서울이었으면 상상도 못 하는 무례함이자 뻔뻔함인데, 지금 이곳에선 운전자가 고개를 숙인 채 민망해한다. 그 이상한 광경이 왠지 소름 돋게 멋

있었다. 불조심, 차조심이라는 슬로건이 있을 만큼 사람에게 공포 대상인 자동차를 사람이 이긴 것 같아서.

그때 말고는 자동차가 자전거나 보행자에게 경적을 울린 걸 본 적이 없다. 무단횡단이든 어떤 횡단이든 자전거나 보행자가 차도에 있으면 자동차가 멈추고 기다리는 상황은 수시로 봤어도. 아무래도 도로의 위계가 사람 그리고 자전거 마지막이 자동차로 잡힌 것 같았다. 그 위계가 참 신기했다.

이 모든 것은 나의 짐작이지만, 지금의 자동차가 과거 귀족 마차에서 비롯된 거라면, 혁명을 통해 마차에서 귀족을 끌어내렸던 역사에 자긍심을 가진 파리 사람들은 자동차가 다시 길을 점령하는 걸 용납할 수 없을 것 같기도 했다.

용감하게 무단횡단을 하는 사람들 속에서 외젠들라크루아의 〈민중을 이끄는 자유의 여신〉이 보인다. 나는 속으로 〈민중의 노래〉를 흥얼거리며 파리의 도로를 걷는다. 자동차와 자전거와 함께. 사람의 리듬으로.

당당하게 도시를 장악한 사람들과 함께 걸으며 나도 이제 기계나 권력 따위에 위축되지 않으리라 다짐한다. '사람답게, 존엄하게 사람으로 살아야지.'

*

　말 안 듣는 도시의 사람과 말 잘 듣는 도시의 사
람을 떠 올린다. 내가 아는 어떤 사람들은 그들을 못
된 놈과 착한 놈으로 나눈다.

　내가 아는 어떤 사람들은 지배를 하려는 사람들
과 앞서 먼저 지배를 당하고 있는 사람들이다.

　오래전부터 착하다는 말을 들어온 탓에, 착하다
는 말을 오래 생각해 봤다. 보통 사람들이 착하다고
할 땐, 순종적일 때였다. 착한 아이, 착한 남자, 착한
친구. 착한 사람. 착한 것들은 참 다루기가 쉽다.

　그래서 도덕을 지나치게 중요시 여기는 사회가
사실 좋은 사회가 아님을 안다. 완전한 자신의 주인
으로 누구에게도 다뤄지고 싶지 않은 이들에겐, 착
하지 않다는 꼬리표를 물려 죄책감을 주는 무서운
사회가 되기에.

IX

빌라 사보아 산책

뿌와씨*의 땡볕에 완벽하게 제압당한 미림과 나는 말을 잃은 채 숨소리만 내며 묵묵히 걸었다.

사실, 「빌라 사보아」까지 거리가 꽤 된다며 버스를 타자고 했던 미림에게 가는 길이 예쁠 것 같다고 걸어보자 했는데, 더위 때문인지 붉어지는 미림의 얼굴색을 보고 있으면 미안함에 말수가 줄어들기도 해서.

미림 얼굴의 붉은 기를 빼기 위해서 얼마나 농담을 던지며 걸었을까, 건축학도 분위기의 청년들이 보이고 멀리 「빌라 사보아」가 여기 있다는 앞선 탐험자들의 깃발 같은 이정표가 보인다.

마침내 「빌라 사보아」를 만나는구나, 드디어 그곳에 내 몸을 놓아 볼 수 있구나. 긴장과 설렘의 마찰 때문인지 몸이 점멸하는 느낌인데, 나와 동떨어진 예술을 영접함으로써 갖는 느낌이 아닌, 실제 나

*
파리 중심부에서 30km 떨어진 교외 도시.

의 미래 집을 둘러보는 듯한 아주 현실적임에서 오는 느낌이다. 입구인가 싶은 곳으로 들어가 아주 짧은 숲을 지나자 「빌라 사보아」가 모습을 보인다.

화면과 지면으로 너무 많이 봐온 존재의 실물에서 특별한 기운을 느끼듯, 어떤 영적인 미감이 나를 덮친다. 나의 몸은 아주 잠시 정지된다. 모든 실물은 기운으로 미화되거나 왜곡된 힘을 갖는다.

「빌라 사보아」의 입면 사진을 찍고, 조경물 같은 필로티를 지나 「빌라 사보아」에 몸을 집어넣는다.

문을 열고 들어서자 오래된 보호수처럼 솟아있는 나선형 계단이 보인다. 아무런 장식 없는 단정함과 직선, 곡선의 어우러짐이 멋진 미감을 준다. 로비라고 해야 할 듯한 1층에서 세련된 요즘의 미술관이 겹쳐 보이는데 100년 전 건물에서 요즘의 미술관이 보이는 건 좀 아이러니한 일이다. 안내 데스크와 영상실, 방명록을 적는 테이블, 아트샵이 있는 1층을 둘러보고 나선형 계단 옆 경사로를 통해 2층으로 오른다.

사람이 살기 위한 공간인데 사람이 살지 않은 탓일까, 아주 오랫동안 비어있었던 탓일까, 쓸쓸한 것이 공간으로써 모든 것을 소진한 장소처럼 느껴진다.

어디선가 독일어 발음의 북적함이 느껴져 몸을 기울이니 중정이 보이는 넓은 공간에서 관광객 무리가 가이드에게 설명을 듣고 있다. 단 하나도 알아들을 리 없지만, 하나라도 더 알고 싶은 마음에 적당한 거리 옆에서 함께 듣는다. 가이드의 손짓에 따라 시선을 움직인다. 중정, 통유리창, 분홍색 벽과 의자, 벽난로, 가로로 긴 창…. 어떤 르 코르뷔지에의 의도나 중요한 의미 같은 걸 설명하는 거겠지만, 알아듣지 못하는 나에겐 르 코르뷔지에의 의도나 그 의미들이 철저하게 무화된다.

그저 상상한다. 중정에 필 꽃을, 중정의 빗소리를, 떨어질 낙엽을, 쌓일 눈을. 통유리 창 쪽으로 둔 소파에 앉아 그것들을 본다. 아무 음악 없이 오직 계절의 소리를 들으며. 그렇게 있다 보면, 창이란 건 안에서 밖을 보기 위한 것이 아니라, 밖의 것을 안으로 들여오기 위한 것임을 깨닫는다.

미림과 나는 작은 방들과 부엌, 복도를 걸으며 모델하우스에 온 듯 공간을 어떻게 꾸밀까 농담을 하고 르 코르뷔지에의 섬세함에 감탄하며 서로가 본 것을 나눈다. 흙색과 같은 거실 바닥의 타일을 보라며, 방마다 바닥의 자재를 다르게 해서 구분한 섬세함은 봤냐며, 벽등은 봤냐고, 문 손잡이 귀여운 거 봤냐고, 부엌은 또 어떻고, 욕실은 …. 쉼 없이 떠들면서 걷다가 옥상정원에 이르러 「빌라 사보아」의 스케일과 디테일에 감탄한다. 그리고 우리도 언젠가 꼭 이렇게 멋진 집을 지어 살자고 기약 없는 약속으로 진지한 얼굴을 한다.

걸었던 길을 다시 되걸으며 사진을 찍는데, 경사로에서 르 코르뷔지에가 말하는 산책의 기분을 얻는다. 순간 비밀을 알아챈 듯 무언가가 나를 관통한다. 「빌라 사보아」 보다 훨씬 더 걸어야 했던, 대저택을 걸으면서도 느끼지 못했던 건물에서의 산책. 그건 경사로와 유리창, 햇빛 때문이라는 걸.

과거의 대저택에는 나선형 계단이라든지 중정은 있었지만, 경사로나 가로로 길게 난 유리창 그리고 위에서 떨어지는 햇빛이 없었다. 건물 밖에서의 진짜 산책을 생각한다. 사람이 만든 계단이 아닌 오르막과 내리막 같은 자연적인 길. 걸을 때마다 바뀌는 풍경. 무엇보다 머리 위로 떨어지는 햇빛. 이것들에서 얻는 몸의 감각이 산책의 기분을 주는 요소임을 깨닫는다.

단절되지 않은 구조로부터 2층의 빛을 머리 위로 받는 1층과 천장 곳곳에 내어놓은 창을 통해 집안에 스며든 빛을 본다. 이거였구나. 가로로 길게 내어진 유리창을 보면서도 걸을 때마다 변하는 풍경에 르 코르뷔지에가 쓴 암호 편지를 풀어낸 듯 우쭐해진다.

「빌라 사보아」를 나와서 건물의 입면이 보이는 그늘 아래에 앉아 쉬기로 한다. 빨리 들어가고 싶어 미처 보지 못했던 입구 전면부의 유리나 귀여운 초록색 외벽, 아시아에서 영감을 받았나 싶은 간살을 본다. 이제야 보이는 거다.

순간, 못 봤던 것들을 발견하니 놓친 게 있지 않을까 하는 마음에 다시 한번 「빌라 사보아」를 둘러보기로 한다. 지금의 방문이 내 생에 단 한 번뿐일 방문일지도 모른다는 예감으로. 함께 있었던 관람객들은 일찌감치 사라졌고 새로 들어온 관람객들도 모두 떠나자 미림도 내게 버스의 배차 간격과 지금의 시간을 보여준다.

지금 가지 않으면 다시 얼굴이 붉어질지도 모른다는 미림의 상냥한 비언어.

*

　울림을 준 순간들을 수집한 적 있다. 그것들은 쌓이고 쌓여 취향이라는 하나의 큰 덩어리가 됐다. 나는 자주 취향이라는 말을 썼지만, 취향이 뭔지 설명할 수는 없었다. 취향은 그저 큰 덩어리로 존재했기에. 얼마나 오랫동안 모으기만 했을까, 어느 순간부터 내가 수집한 것들에게 공통점이 보였다. 형태, 색채, 정서, (…) 방식, 서사 같은.

　닮은 울림들을 엮으며 엮기 위해 더 찾았다. 취향을 엮다 보니 내가 어디에서 울림을 갖는지, 그간 취향이라 포장했지만, 내 것이 아니었던 것들이 무엇인지도 알게 됐다. 신이 나서 더 열정적으로 돌아다녔다. 길들여지거나 강요받은 울림으로부터 차단된 진짜 내면의 울림을 채집하기 위해. 나라는 존재를 안에서부터 채워 제대로 만드는 일처럼 느껴졌다.

이제, 내면을 잘 채운 나는 그것들을 편집해 외면을 빚는다. 그 과정에서 운이 좋으면 창작이 일어나기도 한다. 그 순간이 나는 너무 좋다.

X

베르사유에서

뙤약볕과 과열된 공기가 엉긴다. 가을의 분위기로 차려입고 베르사유 정원을 즐기고 싶었던 미림은 더위 때문에 억지로 주워 입은 여름 옷차림이 못마땅하다. 이럴 땐 '그래도 비 오는 것보단 낫다'라는 식의 멍청한 달램보다는 시원하고 단 걸로 다독여 줘야 한다. 다행히 베르사유 샤또 리브 구슈 역 바로 근처에 『스타벅스』가 있다.

이상 기후 때문이라지만, 더워도 너무 더운 파리. 에어컨도 없고 얼음에도 인색해서. 에어컨은 도시 미관을 위한 실외기 규제 때문이라고 해도, 얼음엔 도대체 왜 인색한지 모르겠다. 시원한 아이스커피를 파는 카페도 귀한데, 그 귀한 곳 중 하나가 『스타벅스』다.

『스타벅스』에 들어서자 곳곳에서 익숙한 모국어가 들린다. 여기도, 저기도 한국 사람이다. 역시 한국 사람에게 필요한 것이 잘 마련되어 있는 곳이라 한국 사람에게 사랑받는구나. 주문을 하고 구석 자리에 앉아 호명을 기다리는데 순간, 시공간에 잔금이 간다.

익숙한 행동, 익숙한 소음, 익숙한 상황. 이곳에 들어와 잠깐 사이에 벌어지고 행동한 모든 일들이 문 밖의 파리와 너무 달라서. 순간 당황스러웠지만, 그래서 『스타벅스』를 찾은 거라 웃음이 났다. 아주 잠시 파리에서 로그아웃 하기로 한다.

미림은 새롭게 태어난 사람처럼 맑은 기운을 되찾고 금세 〈베르사유 정원 피크닉 송〉이란 걸 만들어 흥얼거리며 베르사유 궁전으로 나를 견인한다.

장대하다는 소문과 절대왕정이라는 심상이 맞물려 「베르사유 궁전」의 입구는 얼마나 거대할까 싶었는데, 북적이는 사람들과 어수선한 분위기 때문에 주말 동물원 후문의 느낌을 갖는다. 어느 나라 사람인지 모를 전 세계 관광객들이 입구의 철창 아래에서 일행을 찾거나, 잡상인과 실랑이를 하거나, 나도 마리 앙뜨와네뜨가 돼 보자며 꽃단장을 하며 북적인다. 소리의 너저분함 속에서 그래도 위엄 있는 궁전이라고 금빛으로 장식한 거대한 철창살이 나를 내려다본다. 나는 '위엄 있어!'라고 소리치는 듯한 장식. 어떤 경우에는 소리치는 것보다 침묵하는 것이 더 위엄 있어 보인다는 말이 떠오른다.

궁전의 입구에 들어서자 관람객들이 일정한 신호에 맞춰 행진을 시작한다. 그 행진이 얼마나 힘차던지, 얼떨결에 나도 합류해「베르사유 궁전」실내로 입장됐다.

궁전의 실내는 빈틈없이 화려했다. 무수히 화려한 장식들 사이에서 무언가를 포착하려 애썼지만, 너무 향이 진한 향수에 어지러움을 느끼듯 정신이 흐려진다. 편안한 시선이 필요해 주변을 둘러보다 천장의 몰딩*을 본다. 천장이 가진 약간의 여백 때문일까, 비로소 치밀하게 섬세한 하나의 아름다움을 발견한다.

「베르사유 궁전」의 공간은 그 어떤 곳이든 밋밋함을 용납할 수 없어 보였다. 정말 보이는 모든 곳에 장식을 두었다. 살면서 본 벽지 중에 가장 우아한 벽지, 그 벽지에 걸린 신화처럼 정교하게 조각된 액자, 또 그 속에 화려한 옷을 입은 초상. 색이라고 해야 할지 칠이라고 해야 할지 모르겠는 금장식들과 인간의 손으로 만들 수 있는 최고의 경지를 보여주는 샹

*
벽과 벽, 벽과 천장의 접합부와 같은 경계의 마감재.

들리에, 가구, 벽화. 쉼 없이 빽빽하게 이루어진 장식-장식-장식. 그것들의 연속-연속-연속. 그 속에서 수많은 공예가의 억겁 같은 시간을 느끼고 신화적 경지에 도달한 인간의 능력을 거느리는 거대한 힘을 느낀다.

지금의 감상 전에는 '사치스러움'에서 과연 복종을 유발할만한 힘을 느낄 수 있을까 싶었지만, 잘 못 생각한 거다. '사치'는 복종을 위한 것이 아니라 숭배를 위한 것이었다. 어느 수준을 넘어선 사치스러움은 초월적 존재에 대한 숭배의 마음을 불러일으킨다.

「베르사유 궁전」은 길고 길었다. 이제 그만 밖으로 나가고 싶었지만, '어딜 감히'라는 듯 궁전은 이어졌다. 강조되고, 반복된 소리의 불안처럼 질식할 것 같은 공간의 연속이 나를 조여올 때 다행히 출구가 나타났다. 나는 달려 나가 출소하는 복역수처럼 빛을 맞았다. 미림도 나와 다르지 않았는지 가슴을 확장하고 나지막이 말한다. '정원으로 가자.'

미림이 말하는 정원은 '베르사유 궁전의 정원'이 아닌, 그 아래 운하의 공원을 말하는 거였는데 파리를 세 번째 오는 미림이 나와 함께 오기 위해 남겨둔 장소라고 했다. **남겨둔 장소** 그 말이 참 듣기 좋았다. 남겨냈던 시간만큼의 마음이 쌓인 곳은 그 자체만으로도 하나의 고백 같아서.

미림이 남겨둔 장소는 듣기 좋은 말과 어울리게 기분 좋은 일요일의 다정함을 묘사하고 있었다. 나뭇가지를 들고 장난치는 소년들, 자전거 타는 법을 알려 주는 아버지, 강가의 노부부, 아이스크림을 기다리는 소녀, 잔디에 누워 부둥켜안은 연인들.

우리도 운하 앞에 마련된 잔디밭 그늘에 몸을 놓았다. 나무의 그림자가 환영한다는 듯, 우리의 몸을 식혀 준다. 투명한 하늘과 일렬로 나란히 선 나무들, 그 아래 운하에 일렁이는 빛과 연인들의 나룻배도 우릴 위한 풍경이 되길 자처한다. 언젠가 영상에서 본 풍경이 '이런 곳이었구나' 하면서 '이런 곳이 있었구나' 넋을 놓는다. 미림은 지금을 위해 준비한 도시락을 꺼내고 어느새 미지근해진 레모네이드에서 햇빛의 냄새가 난다며 눈을 동그랗게 뜬다.

순간, 아직 많이 남은 파리의 일정은 상관없어지고

지금까지의 파리가 요약되면서 이렇게 충만한 순간은 살면서 많이 오지 않는다는 것을, 지금 내가 아주 귀한 시간을 관통하고 있음을 직감적으로 깨닫는다.

바람 사이로 부는 미풍과 음식을 건네는 다정한 손. 즐거운 카메라. 아무런 의미가 없어도 괜찮을 시간을 얼마나 보냈을까 미림이 확고한 움직임으로 몸을 일으켜 '자전거'를 외친다. 자전거를 타자고. 이 시간을 남김없이 즐겨야겠다고.

'베르사유에서의 자전거 타기' 나는 그럴 수만 있다면, 정말 좋겠다는 생각을 했다. 내가 누릴 수 있는 낭만의 한계를 정해 놓은 건 아니지만, 엄두 낸 적 없던 낭만이었기에. 하지만 미림은 베르사유 공원을 일산 호수공원과 다를 것 없다고 여기는지 씩씩하게 자전거 빌리는 곳을 찾더니, 너무나도 순조롭게 여권을 맡기면서 자전거를 빌린다. 불어를 잘하는 것도, 영어를 대단히 잘하는 것도 아닌데.

시도해 보지도 않고, 어려운 일이라 생각한 내가 부끄럽기도 했지만, 그보다 미림의 용감함이 빛났다. 미림은 무슨 용감이냐며 간단한 일이라 했지만,

'해 본 적 없던 일을 겁 없이 일단 하는 것' 그게 귀한 용감함이었다.

　우리는 어린이 탐험대처럼 구호를 외치고 페달을 밟았다. 공원의 공기를 밀며, 구석구석 사람이 없는 곳으로, 사람이 있는 곳으로. 쉭-쉭- 힘주어 페달을 밟을 때마다 세계가 변했다. 나의 절반이 나를 뒤따르거나 나란히 서거나 앞질렀다. 우리의 웃음소리는 공기 중으로 퍼지지 않고 몸 안으로 공명했다. 나는 다음이 없길 바라기도 했다.

　내가 멈춰 설 땐, 미림도 멈춰 섰고, 미림이 멈추지 않을 땐, 나도 멈추지 않았다. 풀 향을 밴 석양빛이 몸을 통과할 때마다, 바람에 몸이 조금씩 유실될 때마다 나는 은은하게 몸을 잃어갔고 마침내 하나의 시간이 되었다.

*

얼마만큼의 여행, 얼마만큼의 행복, 얼마만큼의 인생. 그것을 결정하는 건 오직 '행동하는 나'뿐이다.

생각해 보면 내가 살면서 가진 후회들은 대게 '하지 않았던 것'들로부터의 후회였다.

겁으로부터 밀려났던 믿음을 다시 떠올린다. 움직인 만큼 삶의 무늬를 갖는다는 믿음. 그 무늬가 바라던 무늬가 아닐진 모르지만, 그 또한 아름다울 거란 믿음.

XI

열흘

파리에서 열흘이 지났다. 시차만큼 시선도 적응돼서 걸음도 빨라졌다. 골목을 돌면 보이는 센 강과 줄지어진 부키니스트는 이제 하나의 벽지 같은 풍경이 됐고, 버스를 타면 항상 지나는 콩코르드 광장과 오벨리스크도 지금 내 위치를 가늠할 수 있는 기준이 될 만큼 익숙해졌다.

그렇다고 파리가 시시해진 것은 아니다. 자유롭고 부주의한, 인간을 닮은 인간적인 도시, 파리에 몸을 던지는 일은 단 한순간도 지루하지 않았다. 밤새통화를 해도 할 말이 끊임없이 생기는 사람과 대화하는 느낌이라고나 할까.

신기했다. 붕 떠있는 느낌을 좋아하지 않아서 어떤 여행이든 삼일이 지나면 '이만하면 됐고, 그만 일상으로 돌아가고 싶다' 하던 내가 오늘은 저쪽으로 걷고 싶다거나, 내일은 어떤 가게를 가볼까라며 미림보다 앞서 여행 지도를 꺼내는 것이. 오히려 시간이 지날수록 내가 지내던 곳에서의 일상이 희미해지는 느낌도 든다.

가끔 너무 멋진 풍경이나 귀한 순간을 맞이할 때,

멀리 있는 사람의 얼굴만큼 마음에 구멍이 나기도 했는데, 그럴 때마다 기념품점 같은 곳을 기웃거리며 그 구멍을 채웠다.

열흘동안 파리에서 가장 많이 한 건, 그저 보는 일이었다. 무엇을 보든, 어디를 가든. 오래 봤다. 예정된 망각으로부터 벗어나고 싶어 하는 암기처럼. 내가 이곳에 오기 전에도 움직이고 존재하고 있던 세계를. 이제는 내 기억의 세계에서 움직이고 계속 존재하길 바라면서. 그렇게 오래 보고 있으면 눈을 감아도 보였다.

*

　많이 보고, 많이 듣고, 많이 맡고, 많이 맛보고, 많이 만지자고 하면서, 무조건 많이 느껴봐야 한다는 고리타분한 어른들의 말이 떠오른다. 정말 어른들의 말은 틀린 것이 없는 걸까.

　내가 느낀 것들이 어떠어떠한 것들인지, 옳은지 판단하는 일은 멀리하기로 한다. 그저 있는 그대로 입력하기만 한다. '이런 것도 있다고, 이럴 수도 있다고.' 내 안에 새로 만들어질 세계에 나의 세계가 미리 침범하지 않도록.

　이왕이면 파리의 원형을 잘 보존해서 반대편으로 가고 싶다. 파리를 기다리고 있는 반대편의 '나'에게. 분명 최고의 선물이 될 것이다.

XII

오르세 미술관에서

고흐의 〈아를의 별이 빛나는 밤〉을 보면서 멍으로 파랗던 젊은 날의 어느 밤을 걷고 있는데 어디선가 모국어가 들린다.

"사진 찍어 줄까요?"

중년의 한국 여자가 미림과 나를 보며 말한다. 순간 나는 올 것이 왔구나. 말로만 듣던 소매치기구나, 경계심을 허물기 위해 한국 사람과 팀을 꾸려 활동하는 악질 중에 악질들이구나 싶어 가방을 부둥켜안고 정중히 사양했다.

"그러지 말고, 찍어요, 이런 명화 앞에서 원래 사진 찍는 거예요. 분명 나중에 고맙게 생각할 거예요."

전혀 소매치기 같지 않은 정겨움. 우리네 엄마들처럼 밥 더 먹으라며 그릇을 뺏어 고봉밥을 쌓듯 카메라를 뺏어 미림과 나를 쌓는다. 잊고 있던 정겨운 구호로. "자- 김치- 김치-"

중년의 여자는 연신 예쁘다고, 잘 나왔다며 너스레와 함께 카메라를 건네는데, 그녀의 까랑함에 잊고 있던 여행이 가진 어떤 순수한 정감을 느낀다. 미림은 내심 둘이서 사진 찍고 싶었는데, 기회가 없었다며 각도가 유치하지만 우리 사진이 생겨 좋다고 가슴에 품는다. 나는 그 웃긴 사진에 '2023년 파리 여행 기념'이라는 메모를 붙인다.*

중년의 여성은 '왜 우릴 찍어 준다고 한 걸까'라는 의문만 남긴 채 사라졌다. 설마 하는 마음으로 소지품을 다시 확인했고, 모든 것의 무사함을 확인하고서야 그녀의 맑은 선의에 고마움으로 알고 보니 요정이었다고, 그녀를 오르세 요정이라 불러야겠다며 킥킥 웃었다.

「오르세 미술관」은 오르세 요정이 말 한대로 명화 앞에서 사진을 찍는 사람들이 유독 많았는데, 그중에서도 고흐의 그림이 가장 인기가 많았다. 일생동안 단 한 번도 인정받지 못했던 고흐가 지금의 광경을 보면 어떤 마음을 가질까 생각하니 괜히 마음이 뭉클했는데, 다른 이유로 관람객들이 세잔의 그

*
나중에 고마워할 거라는 그녀의 예언처럼 두고두고 고맙게 생각함.

림 앞을 무심히 지나갈 때 뭉클하기도 했다.

마네, 모네, 드가, 바지유, 르누아르, 세잔. 내가 두 번이나 보면서 몰입했던 BBC 미니시리즈 〈빛을 그린 사람들〉의 주인공들. 그들의 그림은 내게 유독 특별했다. 전통으로부터 벗어나고자 했던 그들의 도전들, 인정받지 못하고 힐난받던 시도들, 그럼에도 포기하지 않고 이루어낸 그들의 사례는 멍으로 짙은 밤을 걸었던 시절의 내게, 여전히 주류에 속하지 못하는 '나'에게 큰 위로이자 용기이며 희망이었기에.

그들 삶의 현현(顯現) 같은 그림 앞에 서서 말을 건다. 고맙다고, 당신들은 그저 당신들의 삶을 산 것이겠지만, 그 삶이 내게 좋은 영감을 줬다고, 어쩌면 당신들 덕분에 혹은 당신들 때문에 내가 계속 쓰고 있는 건지도 모르겠다고.

일종의 믿었던 것의 실재를 확인하는 성지순례와 같은 관람을 마치고 남은 작품들은 가볍게 향유하며 그만 「오르세 미술관」을 빠져나가자 하는데, 다른 주제층들을 너무 쉽게 생각한 걸까, 미술 작품이 끝도 없이 이어져 있다. 아니 쌓여있다. 도서관의 책처럼 빼곡하게.

　미림은 감상할 수 있는 하루의 양을 초과한 것 같다며 멀미를 호소하는데, 나도 점점 내가 보고 있는 것들이 화면인지, 실물인지, 내가 봤던 것들이 무엇이었는지 흐려지고 무뎌졌다.

　내가 돌아온 곳과 앞으로 나아갈 곳을 본다. 이 많은 것들이 모두 파리에서 만들어지고 파리를 이야기하는 파리의 것들이라니. 진정 이것들이 파리의 힘이구나 싶었다.

*

진지하게 삶을 마주하고 끝없이 아름다움으로 말을 건넨 이들의 예술 작품 속에 둘러싸여 있다 보면, 의미라는 거대한 세계의 심연에 떨어진듯한 느낌을 갖는다.

아름다움이란 무엇인가? 삶은? 죽음은? 나는 무엇이고 나의 결핍은 무슨 색인가? (…) 그런 것이 있긴 한가? 어디 있는가?

나는 이미 죽은 자들에게 끝없이 질문을 던진다. 입 없는 그들에게서도 어쩌면 근사한 답을 얻을지도 모른다. 의미 없는 질문과 답일지도 모르지만, 그것들 속에서 나는 생의 실마리를 얻는다.

이렇게 파리는 우리를 자주 진지하게 만들고 고민하게 만든다. 너무 흔하게 예술 작품들을 내어 주면서.

XIII

파리의 밤

어둑어둑하더니 파리의 밤 조명이 켜진다. 낮 시간 내내 직선적이고 단단하던 상앗빛 석조 외벽이 오렌지 색으로 휘어지고 부드러워지는 이 도시의 가장 극적인 시간이 왔다.

황혼으로 감미로워진 건물들, 그 아래 저녁 식탁을 준비하는 레스토랑의 다정한 식기 소리, 저물어 가는 하루의 미련과 늦지 않은 고백의 뒤섞임들. 이로서 완성된 파리의 낭만. 내가 지금 그 속에 있다.

낭만으로 식혀진 파리의 밤공기를 마시며 차분해진 후와얄 다리를 건넌다. 오늘 우리가 만들 파리의 밤을 향해서. 목적지는 레스토랑 『르 앙티께르』. 한 번도 에스까르고를 먹어본 적 없는 나를 위해 미림이 찾은 곳이다.

이제는 제법 적응된 이 도시의 문화에 익숙하게 자리 안내를 받고 식당 안 주어진 곳에 앉는데, 응대가 빠르고 친절한 것이 익숙하면서도 낯설다. 이곳도 관광객들에게 인기 있는 레스토랑이라 그런지 다른 나라 문화에 제법 적응되었나 보다. 지금의 나처럼.

파리 식탁은 언제나 좁다. 하지만, 그 좁은 식탁 위의 음식 나오기 전 차림은 내가 좋아하는 것 중 하나다. 어떤 감정도 오기 전의 공간이자 어떤 시작도 없지만, 준비만으로 이미 시작되어 있는 상태. 마치 다가 올 시간을 환대하기 위한 신성한 제단 같다. 특히 배가 고프기까지 하다면, 이곳에서의 미래는 항상 선물일 수밖에.

은은한 조명 아래 선물 같은 에스까르고와 오리 스테이크, 샴페인이 놓이고 일련의 음식 앞의 우리를 즐기는 절차(사진 찍기)를 걸친 뒤 음식 앞에서 자세를 고쳐 앉는다. 에스까르고는 처음 경험하는 음식이고 첫 경험은 유일한 순간이니까.

이 귀중한 순간을 충분히 즐기려면 헤퍼져야 한다는 것을 안다. 귀중하기에 너무 엄격했던 지난날의 첫 순간들은 모두 실망이었기에.

백골뱅이나 소라 같은 느낌이면서, 그와는 또 다른 맛. 나의 첫 입을 유심히 보던 미림이 선물 포장을 뜯는 아이의 반응을 살피듯 내게 맛을 묻는다. 나는 일부러 눈을 질끈 감고 샴페인을 마신 뒤, 뜸 들여 말한다.

"미친다-."

물론, 미쳐본 적 없는 나의 과장표현이지만 정말 그럴 것 같기도 했다. 유화 그림 같은 도시의 고풍스러운 레스토랑 운치 속에서, 여행 중이라는 작정한 무장해제의 마음으로 사랑하는 아내와 맛있는 음식, 맛있는 술을 섞으니 정신이 몽롱해지는 게 까닥 잘못하면 미쳐버릴 것 같아서.

그런 나의 과장된 표정과 몸짓이 재밌었는지, 옆자리 세련된 옷차림의 노부부가 웃는다. 그게 민망하면서도 웃겨 괜히 나도 호탕하게 웃고 지금 시간의 즐거움을 말로 건넨다. 노신사는 우리가 참 예쁘다며 어디에서 왔냐라든지, 신혼여행이냐라든지의 질문을 한다. 간단한 대답은 얼마든지 하겠지만, 신혼여행이 아닌 지금의 여행을 길게 설명할 자신이 없어서 그냥 신혼여행이라 말했다. 그러자 멋지다며 자신들도 신혼여행을 파리로 왔고 50년이 지난 뒤 지금 다시 파리에 왔다고 말해 주었다. 순간 저들과 파리 사이에 존재하는 거대한 시간의 두께에 치인다. 나는 고개를 저으며 존경한다고, 당신들처럼 늙고 싶다 말했다. 그들은 감동의 표정으로 고맙다며 오늘 나와의 대화 덕분에 이 밤을 잊지 못할 거라고 말했다. 나는 그들의 마지막 말에 오늘 밤을 잊지 못할 것 같았고 미림도 마찬가지였다. 우리가 짐작만 하던 파리의 밤이 완성된 느낌이었다.

우리는 샴페인 몇 잔과 비프 타르타르를 추가하며 노부부를 배웅했고 노부부가 사라진 뒤에도 우리는 우리의 미래를 예감하고 예언하는 놀이를 계속하며 잔을 부딪혔다.

'짜르랑-!'

*

나를 기다리고 있는 것들이 있다. 하나의 관념으로 요약되어 내 삶 곳곳에 놓여 있는 것들. 그것들을 예감하는 것이 나의 오랜 일이었다.

행복, 사랑, (…), 외로움, 불안 ….

비록 불확실한 시간 속에서 내가 더듬는 것은 미지의 가능성에 불과할지 모르지만, 그 가능성에서 나는 중요한 실마리를 얻는다.

나를 기다리고 있는 것들 중 사실 어떤 것들은 하나이며, 어떤 것은 하나가 아닐지도 모른다는 것을. 그리고 그 실마리에 나를 던질 때, 비로소 까다로운 세계는 단순해지고 찰랑이던 나의 세계는 깊이를 가져 고요해질 수 있다는 걸.

XIV

에펠탑 아래 누워

카메라로 허술하게 놓인 와인병과 납작복숭아를 찍는다. 지금 에펠탑 아래 「마르스 광장」에서의 내 시간이 꽤 마음에 드는 거다. 나이에 안 맞게 너무 귀여운가 싶다가도 시간이라는 보이지 않는 것을 압축해 하나의 이미지로 만들어 놓을 수 있음이 마음에 든다.

"오빠 자리 진짜 잘 잡았다!"

뒤늦게 온 미림이 최고의 자리라며 칭찬한다. 언젠가 나를 다루는 방법으로 '칭찬하기'를 알려준 이후부터 정말 별 것 아닌 일에도 칭찬이 후한데 그게 가끔은 민망하다. 지금처럼. 그러니까 사실 드넓은 「마르스 광장」 아무 곳에나 자리를 잡아도 에펠탑이 잘 보이는(+에펠탑과 잘 찍을 수 있는) 명당이라서.

우리는 아주 잠깐 떨어져 있어 놓고 오랜만에 만난 사람처럼 떨어져 있던 시간 동안 서로가 뭘 봤는지, 무슨 생각을 했는지 앞다퉈 떠들고 와인 몇 잔을 마신 뒤 잔디밭에 벌렁 누웠다. 그러곤 아무 생각 없이 파란 하늘과 에펠탑을 보며 납작복숭아를 베어 물었다. 주변은 소란스러웠지만, 우리의 시간을 방해하는 것은 아무것도 없었다. 있더라도 입가로 흐르는 납작복숭아의 과즙 같은 하찮은 것들이었다.

에펠탑은 볼수록 놀랍긴 했다. 예상보다 크고, 섬세해서. 우악스럽게만 보일 줄 알았던 둔중한 철이 정교한 장식을 갖추고 진지한 자세를 하고 있다. 거대한 뼈대 사이로 보이는 성실한 대칭의 거미줄이 그저 높이 올리기 시합만을 위한 건축물이 아니구나를 느끼게 해 준다. 웅변적인 듯하면서도 침묵적인 에펠탑. 그 묘한 매력이 에펠탑에 심드렁했던 내게 근사하지 않냐고 옆구리를 찌른다.

에펠탑의 그림자가 길어지자 에펠탑의 수명과 연명에 관한 소문이 떠오른다. 심각한 부식으로 수명이 다 해가고 있지만, 제대로 된 수리 없이 연명하고 있다는 소문과 불가피한 철거설 같은. 하지만 여기 에펠탑에 열광하는 사람들을 보고 있으면 철거에 대한 소문은 전혀 근거 없는 헛소문이겠구나 싶다. 어쩌면 시한부에 대한 루머가 에펠탑을 더욱 근사하게 만드는 것 같기도 하다. 사라짐은 모든 존재가 최후에만 가질 수 있는 마지막 아름다움이고 이별은 소문일 때가 제일 애틋한 법이니까.

해가 지면서, 에펠탑 점등 시간*이 가까워지자 사람들이 소란스러워지기 시작했다. 광장엔 각기 다른 피부색과 다른 차림, 다른 언어를 쓰는 사람들로 가득 찼다.

"10! 9! 8!"

광장의 사람들이 마치 새해맞이를 하듯 일제히 카운트 다운을 한다. 약속한 적 없는 각기의 다른 이들이 모두 같은 별눈을 하고 흥분된 숨으로. 그 기세와 들뜬 분위기에 나와 미림도 그저 기다리지만 못하고 에펠탑을 향해 힘껏 소리친다.

"3! 2! 1!"

…

빛. 그리고 반짝임.

---

*
해가 지면 에펠탑의 조명이 켜진다. 당시 에펠탑의 점등 시간은 6시였다.

아름답다고 말하기엔 그저 불 켜지는 일이 전부였지만, 황홀했다. 모두가 목놓아 바라던 바람이 이루어지듯 에펠탑은 반짝였다. 마치 우리 삶의 긴 기다림 끝도 반드시 반짝일 거라는 암시처럼. 사람들은 환호했고 몇몇 연인들은 부둥켜안은 채 진한 키스를 했다. 목격자들은 축복 같은 비명을 질렀다. 마치 지구 종말의 순간 한가운데 있는 느낌이었다.

문득, 저물어 가는 하루에 매일 반복하고 있는 이 시시한 알람의 일을 이곳에선 매일 이렇게 지구 종말처럼 맞이한다고 생각하니, 이곳의 매일 하루는 다른 곳의 하루하루와 다르게 크고 귀하다는 느낌을 가진다. 마치 하루가 단 하나의 유일한 삶인 것처럼.

하늘은 완벽하게 검어졌다. 사람들은 각자의 방식으로 하루의 종말을 맞이하고 그 환호성 속에서 나도 오늘의 종말을 맞으며 유언처럼 고백을 하기로 한다. 나에게 그리고 너에게.

*

　너무 멋진 하루를 보낸 날은 내 삶 전체가 오늘 하루보다 나을 거란 보장이 있을까 생각한다.

　물론, 더 나아야 한다는 게 중요한 건 아니다. 그저 그런 마음으로 나는 매일 죽기로 한다.

　내게 주어진 단 하나의 삶처럼. 주어진 것을 열렬히 사랑하고 그 끝에 사랑하는 이와 최후의 만찬을 가지면서. 침실로 들어가기 전 내가 잠시 오늘에 살았다는 비문 같은 일기를 쓰고, 눈 감기 전 사랑하는 이에게 유언 같은 고백을 하면서. 그렇게.

XV

시차

시차에 완벽히 적응한 나는 개운하게 일어나 창 밖의 파리를 내려다본다. 맑은 공기가 코끝에 매달 린다. "아. 축구하기 좋은 날씨구나." 오늘은 파리 여 행 중에 기대하고 기다렸던 이벤트, 이강인이 소속 된 프로 축구팀 파리 생제르맹(PSG)의 경기가 있는 날이다.

사실 나는 축구에 큰 관심은 없었는데 친구들의 성화에 관심이 생긴 경우다. 정확히는 해외 축구. 더 정확히는 한국 선수가 뛰는 해외 축구에 대한 관심. '관심이 없어도 해외 축구는 꼭 보고 오라고, 현지의 예술을 보듯이 현지의 스포츠를 보는 일은 단순한 관람이 아닌 하나의 문화를 체험하는 일이라고. 더 군다나 여행 기간 중에 한국 선수가 뛰는 해외 경기 가 있다는 건 특별한 기회이자, 역사의 현장에 있을 수 있는 하나의 사건이다.'라는 웅변에 완벽하게 설 득이 되어서.

친구들의 말에 과장은 있을지언정, 거짓은 없어 보였고 그 말에 동의하는 순간, 나도 그들에게 동화 되어 이번 파리 여행에서 꼭 경험하고 싶은 일에 '이 강인 경기 보기'를 적었다. 그 목록을 보고 여태 축

구에 관심 없던 나를 아는 미림은 꽤 의아해 하긴 했
지만.

원래 관심이 없어서 가격도 몰라 그런지, 경기 관
람권 가격* 앞에서 살짝 관심이 떨어지기도 했다.
하지만 '역사적인 사건에 내 몸을 둘 수 있는 일인
데.'라고 생각하니 돈은 중요하지 않게 느껴졌고 그
길로 샹젤리제 파리 생제르맹 스토어에 들러 등판에
'이강인'이라고 적힌 유니폼도 준비했다. 나는 홈 유
니폼으로, 미림이는 원정 유니폼으로.

축제를 즐길 모든 준비는 끝났다. 그저께 이강인
의 출전 상황을 알아보다 경기 일정이 변경 됐다는
정보도 알게 되어 마지막 변수까지 차단하면서.

내 준비성이 감탄스러워 미림에게 자랑을 하는
데, 좀 이상하다. 경기 일정이 변경 됐으면 미리 연
락을 주는 게 당연하니까. 미림은 혹시 모르니까 경
기 일정을 다시 한번 확인해 보라 했고, 나는 네이버

---

* 예매 대행 플랫폼을 통해서 구입했다. 나중에 안 사실인데 공식 홈페
이지를 통해서 구입하면 보다 저렴하게 구매할 수 있다고 한다.

에서 미리 캡처해 둔 변경 일정의 경기 시간을 재차 확인했다.

여유 있는 시간에 「뜰리히 정원」에서 오전을 보내고 신나게 경기장으로 향하면서 이강인이 골 넣고 이겼으면 좋겠다거나, 경기장에서 맛있는 걸 팔았으면 좋겠다는 이야길 하며 네이버에 파리 생제르맹 경기 관련 뉴스를 검색하는데...

경기 결과가 나와 있다.

'뭐지, 내가 뭘 잘 못 보고 있는 것인가, 지난 경기인가, 점수가 왜 나와있지?' 순간, 뒷목으로 뜨끈한 무엇이 올라오고 등에는 식은땀이 흐른다. 점수 아래엔 '경기 종료'라는 문구가 보인다. 믿을 수 없는 이 상황에 세포들의 연결이 모두 끊기면서 몸이 내려앉는다. 나의 당황스러운 표정과 좌절의 몸짓을 본 미림은 무언가 잘못 됐음을 직감했는지, 내게 자꾸 무슨 일이냐 묻는다.

"미림아... 잠깐만, 아무 말도 하지 말아 줘."

자꾸 무슨 일이냐고 묻는 미림의 다그침에 나도 모르게 화를 낼 것 같았다. 나는 웅크리고 앉아 조용히 생각을 정리했다.

　　그러니까 경기는 진짜 끝난 거다. 내가 경기 시간이라고 생각했던 4시는 한국의 새벽 시간이었고 실제 파리에서의 경기는 어젯밤이었던 것. 네이버는 한국 포털 사이트니까 당연히 한국의 시간으로 적어둔 건데, 나는 그걸 본 거다. 아무리 갑작스러운 일정 변경으로 헷갈렸다고 해도 어디서부터 한심하다고 자책해야 할지. 화가 끓었다.

　　더 이상 무슨 일인지 묻지 않고 조용히 나를 기다리고 있는 미림에게 뭐라고 말을 해야 할지 너무 미안했다. 돈은 돈대로 시간은 시간대로 다 날려서 내가 여행을 모두 망친 것 같았다. 미림에게 설명하려고 입을 떼면, 아까운 돈과 용서할 수 없는 내가 울컥울컥 목젖을 쳤다.

　　그때 미림이 내게 티켓을 판 놈들 뭐 하는 놈들이냐며 버럭 화를 냈다. "아니, 한국 업체 아니야? 한국 사람이 알아보기 쉽게 안내를 잘해줬어야지, 어

떻게 그럴 수 있어? 사기꾼들 아니야?, 오빠 괜찮아,
그럴 수 있어. 시차라는 거 진짜 헷갈린다. 오빠 시
차적응 실패한 거지 뭐."

정말 하나도 논리적이지 않는 미림의 모습에 웃
음이 났다. 덮어 놓고 감싼다는 게 이런 거구나. 어
처구니없었고 고마웠다.

당연히 미림도 안다. 지금의 사태는 순전히 모두
나의 잘못이라는 걸, 그럼에도 '시차 적응 실패'라는
탈출구를 만들어서 괜찮다고 도망가라고 말해준다.
언젠간 미림이 만든 저 탈출구가 나를 살리는 문이
될 수도 있겠다는 예감을 하며 나는 입을 열었다.

"미림. 사고다. 시차적응 실패다."

＊

　우리는 죽음에 있어 '숨이 다 했다.'라는 표현을
한다. 이 표현은 '숨 쉬고 있다는 건 살아 있다.'라는
의미이자 '숨 쉬지 않고선 살 수 없다'라는 의미가
되기도 한다.

　숨은 우리에게 생존이다.

　그렇기에 우리는 우리를 숨 막히게 하는 곳이나,
사람으로부터 떠난다. 가족으로부터, 직장으로부터,
도시로부터, 연인으로부터.

　그러한 이유로 나도 사람을 잃어본 적 있다. 엄격
한 내가 숨 막힌다던 사람의 고백을 통해.

　나는 요즘 미림의 너그러운 순간들을 통해 '숨 쉴
구멍' 내어 주기 같은 일을 배운다. 숨 막히는 사람이
되고 싶지 않아서도 있지만, 건강하게 숨을 잘 쉬었
으면 싶어서, 내 곁에서 건강하게 살았으면 싶어서.

XVI

여행과 생활 사이의 체류

'베르사유에서의 자전거 타기' 그럴 수만 있다면, 정말 좋겠다는 생각을 한 것이 어제 같은데, 이젠 파리의 공유 자전거 『벨리브』*를 타고 파리를 누빈다. 찾아가기 애매했던 곳들을 구석구석 다니고 빵집에서 에끌레어나 빵 오 쇼콜라를 포장해 샹젤리제를 가르고 콩코르드를 가르면서.

문밖의 파리를 다 즐기고 난 후의 집에서는 소위 집안일을 한다. 한 달치의 옷과 수건을 챙길 수 없었기에 불가피한 빨래라든지, 내일도 모레도 지낼 공간에 대한 청소, 한식에 대한 그리움을 달래기 위한 요리와 설거지, 3-4일에 한 번씩 하는 분리수거 같은 일.

일상의 시간이 늘어갈수록 생활과 여행이 뒤섞인다. 파리에 몸을 놓고 있다는 것만으로도 충분한 하루들 속에서 아무것도 도모하지 않는 날은 내가 이방인이 아니라 정말 이곳 파리에 속해지고 있다는 착각을 가지는데 그 착각이 좀 마음에 든다. 특히 능숙하게 『벨리브』를 반납하는 순간은 과거의 나에게

---

*
파리의 무인 자전거 대여 서비스, 어플을 통해 가입 및 이용할 수 있다.

자랑하고 싶을 정도다.

 3주 정도의 파리 여행이라고 해야 할지 생활이라
고 해야 할지 모르겠는 뒤섞임의 체류. 그 속에서 생
(life)이라는 긴 체류에 대해 이렇게 사는 건 어떠냐
고 말을 건다. 과거에 내가 가졌던 욕심들을 잊은 채.

 으리으리한 욕실 딸린 집 말고, 그저 사랑하는 사
람과 지낼 거처가 있는 생(life), 근사한 외제차 말
고, 언제나 탈 수 있는 자전거가 있는 생(life), 치열
하게 이루고자 하는 목표 말고, 그저 열정을 바칠만
한 일이 있는 생(life), 예술을 수집하는 취미 말고,
예술을 보러 나가는 산책이 있는 생(life).

*

　과거의 내가 욕심 냈던 것들이 무엇이었는지, 어떤 사람이 되고 싶었는지 잘 기억나질 않는다.

　과거의 내가 중요하다고 생각한 것들이 여기선 중요하지 않아서.

　불어와 영어를 주고받으며 웃고 떠드는 젊은이들, 환한 표정으로 커플임을 알려 주는 두 청년, 아내의 의자를 빼 주는 노신사를 보면서 나도 그들을 닮고 싶다는 생각과 함께 '어떠한 사람이 되고 싶다'라는 마음은 지금 내가 서 있는 곳에서 만들어지는 것임을 깨닫는다.

XVII

뤽상부르 공원에서의 결정적 순간

반쯤 누울 수 있는 철제 초록 의자를 질질 끌어 적당히 조용한 곳에 자리를 잡는다. 근처 마트에서 산 샐러드와 반쯤 읽은 책을 무릎 위에 올린다. 미림은 파리에 출장 온 한국 지인을 만나러 갔다. 모처럼 주변이 고요하다.

고요함으로 고양되는 평화 속에서 눈을 감으면, 한낮의 햇빛 소리가 들린다. 오늘은 좀 고독하고 싶은 게 조금 더 혼자여도 좋을 것 같다는 생각을 한다.

덧칠된 초록으로 뭉그러진 「뤽상부르 공원」에서 파스칼 키냐르의 〈세 글자로 불리는 사람〉에 얼굴을 파묻는다. 한참 키냐르의 파편을 헤매면서 샐러드를 비우는데, 한 중년의 남자가 다가와 입을 활짝 벌리고 있는 내 가방을 가리키면서 언제나 어디서나 접시를 조심하라고 주의를 준다.

"메흐시!"

쿨하게 떠나는 남자의 등에 인사를 던지고, 가방을 옆구리로 바짝 당겨 끌어안았다. 파리엔 소매치기가 많으니 조심하자며 당부했던 게 얼마나 지났다고 해이해질 대로 해이해졌는지.* 그저 좋은 사람을 만나 다행이었다는 생각을 했다.

느슨해진 몸을 일으켜 경각심으로 무장한 고개를 들어 올리는데 순간, 눈앞의 장소가 야외 도서관인가 싶은 착각이 들어온다. 주변의 백발 여자부터 대학생으로 보이는 젊은이들까지 모두 그늘과 햇빛에 골고루 앉아 책을 읽고 있어서.

읽는 일을 좋아하는 내겐 참 반가운 풍경이다. 파리에선 책 읽는 사람들을 자주 볼 수 있는데, 풍경의 참여자 모두가 책을 읽고 있는 지금의 순간도 그 자주 중 하나인 순간이기도 하다. 문득 이러한 순간들이 파리를 아름다운 도시로 만드는데 크게 한몫하고 있을 것 같다는 생각을 한다.

가져온 책의 남은 부분이 얇아질수록 「뤽상부르 공원」에서의 고독이 슬슬 외로워지기 시작하고 공기도 쓸쓸해진다. 나는 얼마 남지 않은 혼자만의 시

---

*
24년 올림픽을 위한 파리의 대 소매치기 소탕작전 시기이기도 해서 실제로 소매치기가 거의 없기도 했다.

간을 직감하며 메모장을 꺼내 혼잣말을 하기로 한다.

나를 너무 많이 생각한 날은 나가 너무 많아져서 늘어난 나의 무게만큼 땅이 꺼지게 된다. 꺼진 땅에는 실망스럽거나 피곤한 너들이 없다. 피곤한 너들로부터 숨을 수 있음에 나는 꺼진 땅이 만들어 낸 안식처가 뿌듯하다. 하지만 긴 잠을 자고 일어나도 어둠은 가시질 않고 두 팔을 뻗어도 닿는 것 하나 없을 때, 나는 이곳이 참호가 아니라 수렁이었다는 걸 깨닫는다.

혼잣말을 맺을 무렵, 주변 학교의 수업이 끝났는지 학생들이 쏟아져 나왔다. 그런데 그 가운데 어이없게도 약속이 끝나 내가 있는 곳으로 온다던 미림이 서있다. 많은 사람들 속에서 내가 미림을 한눈에 찾은 것처럼 미림도 멀리서 나를 찾아내고 환하게 웃는다.

고독이 가고 놀이가 왔다. 오늘의 결정적 순간*일지도 모르겠다.

*
1952년에 발행한 앙리 까르띠에 브레송의 사진집 제목이자 앙리 까르띠에 브레송이 말한 '움직이는 상이 시간을 초월한 형태와 표정과 내용의 조화에 도달한 절정의 순간'

*

　읽는 사람에게선 삶을 사랑하는 마음과 그 마음을 지키려는 결기 같은 것이 느껴진다.

　읽는다는 건, 주도적으로 내 삶에 필요한 것들을 찾아내고 감각하며 얻어내는 일이며 내가 나아가지 않으면 진전 없는 일이라 스스로 강력한 의지를 가져야 하는 일이라서. *

　그런 의미에서 읽는 사람의 풍경은 아름답다. 적극적으로 자신의 삶을 임하겠다 각오하는 이들의 용기와 책임. 그것에선 무엇으로도 흉내 낼 수 없는 사람만의 아름다운 빛이 있다.

*
별빛들, 2023, 이광호,《도쿄와 생각》'츠타야 서점' 중에서.

XVIII

방브 벼룩시장

세련된 선배의 공간에 가면 항상 하나씩은 있던 오래되고 멋있는 유럽의 장식품들. 감각적인 카페에서 내어주거나 소품샵에서 볼 수 있는 소위 유럽의 빈티지 소품, 식기 등등. 이런 건 도대체 어디서 구하냐고 물어보면 다들 방브에서 샀다고. 귀찮아서 대충 둘러대는 건지, 정말 방브에 가면 다 있는지, 파리를 다녀온 미림에게 물어보면 정말 방브에 다 있다고. 그때부터 '방브 벼룩시장은 도대체 어떤 곳일까' 했다.

　지하철이 멈추고 뽀흑뜨 드 방브라는 안내 방송과 함께 문이 열린다. 아침 일찍인 시간인데도 곳곳에 한국 사람들이 보인다. 모두 방브 벼룩시장을 가는 것 같다. 파리의 벼룩시장은 다를까. 곧 실체가 드러나겠지만, 과거 벼룩시장이라 일컫는 곳들에게서 숱한 실망을 받아온 터라 걱정이 되기도 기대가 되기도 했다.

　걱정과 기대 사이에서 "생각보다 별 거 없겠지? 벼룩시장은 다 그렇잖아."라는 식의 찬물을 끼얹는데 미림이 너무 걱정하지 말라고, 그리고 너무 큰 기대도 하지 말라면서 그저 쾌활하게 주어진 방브를 즐기자고 말한다. 그래 맞아. 쾌활하게. 몇 번을 깨닫고 몇 번을 다짐해도 실패하는 쾌활하게.

그나저나 미림은 쓸 금액을 정해 놓고 딱 그만큼만 사기로 하자면서 내게 수중의 현금을 묻는다.

"7유로. 하고 2·5센트 동전 몇 개. 너무 많나?"

미림은 믿을 수 없다는 듯한 표정으로 동전과 나의 얼굴을 번갈아 보면서 장난치지 말라는 웃음을 터트린다. 적당한 것도 아니고 너무 많냐는 말은 심했다면서. 이런 동전은 한국에서의 10원이나 다름없어서 아무도 받지 않는다고. 벼룩시장이면 당연히 카드가 안 되는데 오늘 우리 구경만 하는 거냐고. 근처 은행의 현금 인출기에서 현금을 출금할 때까지. 귀가 얼얼하게 혼났다. 근데 그 재잘거림이 그렇게 좋았다. 외로웠던 과거와 가장 먼 아침이었다.

구글 지도를 보며 다시 벼룩시장 쪽으로 걸었다. 얼마 지나지 않아 멀리 가판대와 듬성듬성 느리게 걷는 사람들이 보인다. '아. 저기구나.' 하는 마음으로 가까이 갔는데 '아? 여기인가?' 했다. 생각보다 상인과 가판대, 그리고 가판대 위의 물건들이 적어서.

"내가 아는 방브 벼룩시장은 여기가 아닌데..."

구글 지도엔 방브 벼룩시장이라고 적혀있는데 미림은 자꾸 여기가 아니라고 한다. 먼저 경험한 경험자가 비경험자에게 방브 벼룩시장을 소개하는 입장으로 난감한 눈치였다. 난 괜찮았다.(어쩔 수 없었다.) 여긴 방브 벼룩시장이 맞고, 우리가 할 수 있는 건 쾌활하게 주어진 지금을 받아들이는 수밖에 없어서.

왠지 오늘 같은 날, 좋은 물건을 싸게 획득할 것 같다는 미신적 믿음을 가지고 천천히 가판대를 구경하기로 한다. 그릇과 컵, 다 썩어가는 용도를 알 수 없는 고물들, 화병, 커트러리, 거울, 내가 사고 싶었던 문고리나 벽걸이 같은 것들도 보인다. 사고 싶은 것들을 들어 가격을 묻는다. 비싼 가격에 미림은 손을 내 저으며 조금 더 가면 싸게 파는 가게가 나올 거라고 나의 팔을 잡아 이끈다.

드문드문 장사 준비를 하는 상인들이 늘면서 시장이 제법 시끄러워졌다. 정오면 파장한다고 해서 일찍 왔는데, 일찍 가게 문을 여는 건 또 아닌가 보다. 가판대가 늘어갈수록 우리도 활기를 되찾았다. 미림은 흥정을 하기 시작했고, 나는 그런 미림과 합심했다. 사고 싶은 건 많았다. 하지만 미림은 '여기는 방브 벼룩시장이니까 더 싼값이어야 할 것 같다'며 신중했다. 신중한 건 미덕이니까 좋았다. 하지만, 가판대도 없이 길바닥에 앉아 미림이 원하던 주석 식기를 다섯 개 7유로에 준다고 했는데도 거절했을 땐, 미림이 좀 이상해 보이기도 했다. (다시 찾아갔을 땐 이미 퇴근하셨다.)

흥정하고, 웃고, 놀리고 시장 한 바퀴를 돌고 나니 배가 고팠다. 마치 운동 경기 전반전이 끝난 느낌이었다. 시장 한가운데 있는 유일한 음식 가게, 핫도그 집엔 사람들이 줄을 섰다. 아침 일찍 집에서 가져온 물건들을 가판대로 옮기며 장사 준비를 하던 아빠와 아들도 보인다. 아침잠에서 덜 깨 구겨졌던 아들 얼굴 표정이 어린 날의 '나' 같아서 기억한다. 핫도그를 입에 밀어 넣으며 즐거워하는 '그'를 보면서 그 시절 '나' 큰돈 없이도 호화로웠구나 싶었다.

우리는 벼룩시장이 파장할 때까지 열심히 돌아다

넜다. 후반전-연장전까지. 하지만 아무것도 사지 못했다. 한 번도 사용하지 않았다는 아이스크림 그릇 세트가 끝끝내 미림을 유혹하는 데 성공했지만, 내가 너무 크다고 이걸 어떻게 가져가냐며 반대표를 던져서. 돌아가는 길의 양손은 허전했지만, 마음이 헛헛하진 않았다. 방브 벼룩시장에 실망하지도 누구에게 서운하지도 않았다.

빈손으로 돌아가는 우리는 더 시끄러웠다. 어떤 가게는 어땠고- 그때 그 사람은 저랬고. 유리로 만든 포도가 아른거리네- 은식기는 진짜 비싸네- 다음엔 프랑스 원단을 사야겠네- 하면서.

나는 쉬지 않는 미림의 입을 보면서 아이쇼핑의 후기가 양손 가득 쇼핑 후기보다 재밌다는 걸 깨닫고, 이 시답잖은 순간이 내가 지키고 싶은 순간이며, 앞으로도 지키고 싶은 순간임을 직감했다.

*

    생각만큼 멋진 물건들이 값싼 가격으로 준비된 방브 벼룩시장은 아니었지만, 이상하게 좋은 장소로만 기억됐다. 처음엔 시장이 주는 활기 때문이라고 생각했는데, 아니었다. 그곳의 우리. 우리가 즐거워서 그랬다.

    장소는 존재만으로 무엇이 될 순 없다. 그곳에서의 이야기. 그 이야기가 장소를 어떠어떠한 곳으로 만든다.

    아무 의미도 없는 텅 빈 무대의 삶처럼. 유의미한 것은 오직 무대 위에서 몸짓하는 모든 나처럼.

XIX

마지막 센강

카메라는 '찰칵' 소리 내지만, 나는 '콕'이라는 소리를 낸다. 시간을 핀으로 찍어 표시하는 일처럼. 움푹 들어간 시간들을 만든다. 훗날 점자처럼 오늘을 읽을 수 있게. 그렇게 공간 없는 시간을 사진에 가둔다. 내일이면 작별할 파리에 대한 애틋함으로.

파리의 마지막 오후를 어디서 보낼까 고민을 하다, 그냥 센 강 쪽으로 걷기로 했다. 어떤 각오도 없이 파리가 내어 주는 대로 시간을 갖기로 하면서. 「보주 광장」에서 지도를 보며 방향을 정해 걷는다. 방향만 맞는다면, 길은 중요하지 않음을 알기에. 어느 길이든 가 보지 못한 길은 모두 같은 길이다. 내 몸 뒤에 있는 모든 시간도 그랬다.

생루이 섬을 맞댄 오늘의 마지막 센 강이 보인다. 언제나 그렇듯 이미 젊은 사람들이 강 테두리를 따라 줄지어 앉아 웃고 떠들고 있다. 이름 없는 와인샵에서 데려 온 값싼 와인을 돌바닥에 내려놓으며 미림과 나도 둔치에 걸터앉는다. 멀지 않은 곳에서 흥겨운 소리가 들린다. 오늘의 센 강에는 거리의 음악가와 형광색 유니폼을 입은 청소부의 춤이 준비되어 있나 보다.

우리는 플라스틱 와인잔도, 종이컵도 없이 둥근 와인 병 주둥이에 입술을 대고 나발을 불며 마지막 센 강을 즐겼다. 상자에 갇힌 체면이나 형식을 없앨 때 더 치솟는 즐거움으로.

센 강은 걸터앉는 것만으로도 유년시절 여름방학의 선풍기 바람 같은 자유를 준다. 잠시만이라도 나를 얽매는 학교와 숙제를 외면하게 해 줬던 자유. 불현듯 한국에 밀려 있는 숙제들이 떠오르면서, 이 정도 자유면 됐다는 생각을 한다. 어떤 자유라도 너무 길어지면 다시 그곳으로부터 자유롭고 싶어지는 것처럼.

파리에서의 마지막 와인 한 병을 비우니 어느새 바람이 차가워졌다. 햇빛이 따갑던 파리였는데. 바토무슈를 타고 센 강을 가로지르는 사람들이 손을 흔든다. 언제는 저 인사가 환영 인사 같더니 이제는 작별 인사처럼 느껴진다.

뒤를 돌아보니, 음악은 계속 흐르고 있지만 춤을 추던 청소부는 떠났다. 마치 내일의 파리처럼.

*

　한 달이라는 시간에 변할 수 있는 것들은 몇이고 얻을 수 있는 것들은 얼마나 될까. 애초에 주어진 건 없다는 걸 알면서도 이번 파리 여행이 내게 무엇을 주었나 문을 닫기 전 뒤돌아 시간을 헤집는다.

　전시하고 싶은 풍경과 들려주고 싶은 감동들, 즐거운 수업, 여전히 모르고 지나간 것들. 파리에서의 시간을 꼼꼼히 마주하며 뒤로 걷는다.

　지나간 모든 것들은 귀중하고 동시에 하찮다. 다신 돌아올 수 없는 순간들이자 이젠 쓰임이 다한 시간이기에. 파리에서의 시간 중 어느 것을 꼽아 내게 선물 같은 시간이었나 말할 수 없음을 깨닫는다.

　모든 파리의 시간은 나를 통과했고 내 뒤로는 새로운 기억이 반짝인다. 나도 모르는 새에 지난 파리에서의 날들이 겹겹이 접혀 나를 이루고 있다. 지금의 내 모습이 바로 파리가 준 것이다.

다시 문 앞에 선다. 그리고 이번 여행이 내게 무
엇을 주었나 묻지 않는다. 어떤 표정이든, 표정 지을
수 있는 나를 보며 문을 닫는다.

XX

긴꿈

비행기가 이륙한다. 더 이상의 불어는 들리지 않는다. 창문 밖의 파리가 점점 작아지더니 땅 속으로 사라진다. 처음부터 없었던 도시처럼.

긴 꿈을 꾸었나.

고풍스러운 상앗빛 거리, 새벽의 몽환적인 정원, 도시를 장악한 사람들, 풀 향을 밴 석양빛 ……

파리에서의 풍경과 사건들이 어렴풋하게 느껴진다. 이 어렴풋함이 완전하게 흩어지면 모든 것이 무의미해질까 걱정하지만, 파리에서 있었던 모든 것들이 유의미하게 내 몸 뒤의 시간에서 반짝인다.

비행기는 가속의 시간으로 꿈에서 달아난다.

어느새 기내는 승무원들이 승객들에게 기내식을 건네어 주느라 소란스러워졌다. 나는 손바닥만한 기내식을 받고선 옛 연인을 만난 듯, 내가 조금 새로워졌음을 느낀다.

파리를 가면서 봤던 포실거리는 구름을 하염없이
지난다. 다시 돌아가고 있구나.

나는 눈을 감고 다시 긴 꿈을 꿀 준비를 한다.

비행기에선 산뜻한 냄새가 난다.

*

　모든 여행은 일회성 같아 보이지만 첫사랑 같이
오래 남아 나를 내내 성숙하게 한다.

CRÉDIT DE FIN

카페 드 플로르 (오래된 파리 카페의 운치)
172 Bd Saint-Germain, 75006
Paris, 프랑스

레 되 마고 (오래된 파리 카페의 운치, 기념할만한 초콜렛)
6 Pl. Saint-Germain des Prés,
75006 Paris, 프랑스

뤽상부르 공원 (파리의 공원 문화 속에서)
75006 Paris, 프랑스

튈르히 정원 (관광지로써의 파리의 낭만)
프랑스 75001 Paris

시테 섬 꼭짓점 (황홀한 파리의 추억)
1 Square du Vert Galant, 75001
Paris, 프랑스

오랑주리 미술관 (몸으로 느끼는 모네의 수련)
Jardin des Tuileries, 75001 Paris,
프랑스

피카소 미술관 (어렴풋한 피카소)
5 Rue de Thorigny, 75003 Paris, 프랑스

퐁피두 센터 (파리의 현대 미술, 그리고 압도적 파리 도시 뷰)
Place Georges-Pompidou, 75004 Paris, 프랑스

빌라 사보아 (르 코르 뷔지에의 건축적 산책)
82 Rue de Villiers, 78300 Poissy,
프랑스

개선문 (추모란 무엇인가, 야경이란 무엇인가)
Pl. Charles de Gaulle, 75008
Paris, 프랑스

베르사유 궁전·정원·공원 (권력이 시민에게로)
Place d'Armes, 78000 Versailles,
프랑스

루브르 박물관 (즐거운 야외 수업)
프랑스 75001 Paris

생루이섬 맞은 편, 센 강 둔치 (파리지앵, 파리지엔느가 되는 곳)
1 Quai des Célestins, 75004 Paris,
프랑스

프티 팔레 정원 카페 (실내 소풍)
2 Av. Winston Churchill, 75008
Paris, 프랑스

오르세 미술관 (파리의 힘)
Esplanade Valéry Giscard
d'Estaing, 75007 Paris, 프랑스

로댕 미술관 (로댕의 위대함, 그리고 아트숍)
77 Rue de Varenne, 75007 Paris,
프랑스

오에프알 서점 (마레 지구의 심장)
20 Rue Dupetit-Thouars, 75003
Paris, 프랑스

폴더롤 (가끔 생각나는 그날의 젤라또와 와인)
10 Rue du Grand Prieuré, 75011
Paris, 프랑스

더 브로큰 암 (파리의 편집샵)
12 Rue Perrée, 75003 Paris, 프랑스

마르스 광장 (에펠탑과 함께)
프랑스 75007 Paris

카페 렉토 베르소 (맛있는 스콘)
6 Rue Portefoin, 75003 Paris, 프랑스

카페 파티산 (시원한 커피 그리고 멋쟁이들의 북적임)
36 R. de Turbigo, 75003 Paris, 프랑스

카페 드리밍 맨 (맛있는 커피)
140 Rue Amelot, 75011 Paris, 프랑스

패트릭 새권 갤러리 (선물 같은 장 푸르베)
5 Rue des Taillandiers, 75011
Paris, 프랑스

방브 벼룩시장 (보물찾기)
14 Av. Georges Lafenestre, 75014
Paris, 프랑스

마미 갸또 (잊지 못 하는 레몬 타르트)
66 Rue du Cherche-Midi, 75006
Paris, 프랑스

카페 까루젤 (의외의 파리 피자)
1 place des pyramides, 194 Rue de
Rivoli, 75001 Paris, 프랑스

크레페리 수제트 (파리의 점심)
24 Rue des Francs Bourgeois, 75003
Paris, 프랑스

르 앙티께르 (파리의 밤)
13 Rue du Bac, 75007 Paris, 프랑스

생 샤펠 (스테인드글라스의 아름다움)
10 Bd du Palais, 75001 Paris, 프랑스

파불라 (대저택 정원에 테이블을 두고 차
한잔)
23 Rue de Sévigné, 75003 Paris,
프랑스

텔레스코프 (작고 다정한 파리의 골목 카
페)
5 Rue Villédo, 75001 Paris, 프랑스

noir (파리의 커피 솜씨)
9 Rue des Blancs Manteaux, 75004
Paris, 프랑스

사누키야 (파리 심야의 우동)
9 Rue d'Argenteuil, 75001 Paris, 프랑스

우동 주베이(너무 더운 날의 냉우동)
39 Rue Sainte-Anne, 75001 Paris,
프랑스

에이스 마트 (그리웠던 한국)
63 Rue Sainte-Anne, 75002 Paris,
프랑스

클라마토 (파리의 개인 레스토랑 수준)
80 Rue de Charonne, 75011 Paris,
프랑스

위트르리 레지 (파리의 굴, 그리고 친절함
이 주는 기억)
3 Rue de Montfaucon, 75006
Paris, 프랑스

스토헤 (가장 오래된 파리 빵집의 멋과 맛)
51 Rue Montorgueil, 75002 Paris,
프랑스

몬테 크리스토 서점 (파리의 작은 서점)
5 Rue de l'Odéon, 75006 Paris, 프
랑스

카페 트로카데로 (에펠탑을 가진 카페)
8 Pl. du Trocadéro et du 11
Novembre, 75116 Paris, 프랑스

비스트로 빅투아르 (파리 골목에서의 식사)
6 Rue de la Vrillière, 75001 Paris,
프랑스